10대를 위한
나의 첫 고전 읽기 수업

10대를 위한 나의 첫 고전 읽기 수업

박균호 지음

고전이라는
영원히 새로운 이야기

여러분은 지금까지 몇 권의 고전을 읽어 보았나요?

이 첫 문장만으로도 벌써 가슴 뜨끔해할 독자가 많을 것입니다. 많은 사람이 '고전은 어렵고 지루한 책'이라고 생각합니다. 그런 '부담스러운 책'을 읽을 시간이 어디 있느냐고 항변하기도 합니다. 이러한 선입견과 부담감으로 고전은 점점 더 냉대받고 있습니다.

흥미 위주의 정보는 읽는 즉시 즐거움을 맛볼 수 있지만, 그 즐거움은 빠르게 사라집니다. 반면에 고전은 천천히 곱씹으며 읽어야 하지만 그 감동은 내면에 영원히 남아 우리를 성장시키고 삶의 지혜를 안겨 줍니다. 고전에는 시대를 뛰어넘는 삶의 진리가 담겨 있으니까요. 우리가 고전을 통해 오늘날의 사회 현실을 읽어 낼 수 있는 것도 바로 이런 이유입니다.

이 책에서 소개하는 스무 편의 고전은 모두 수십에서 수백 년의 세월을 뛰어넘어 오늘날의 사회 쟁점과 연결됩니다. 안톤 체호프의 단편 소설 〈내기〉는 최근 입시에서 논술 주제의 단골로 떠오르는 '사형제 폐지'에 대한 논란을 불러일으킵니다. 빅토르 위고는 《파리의 노트르담》을 통해 정보의 홍수 속에서 사유할 힘을 잃어 가는 현대인의 모습을 예견합니다. 잉게 숄의 장편 소설 《아무도 미워하지 않는 자의 죽음》은 청소년의 사회 참여가 우리 사회에 어떤 변화를 불러일으키는지 생각해 볼 수 있게 합니다.

고전에는 이렇게 인간과 사회에 대한 작가의 깊은 통찰이 담겨 있습니다. 그 통찰이 당대 사회의 모습만 보여 주는 게 아니라 미래 사회를 예견하기도 하는 이유는 무엇일까요? 바로 변하지 않는 인간의 본성 때문입니다. 과거에도 인간은 행복과 자유를 추구했고 선과 악을 품고 있었습니다. 허먼 멜빌의 《모비 딕》에서 노예처럼 일하는 항해사들의 모습이 요즈음 직장인들의 모습과 다를 바 없는 것은 바로 그 때문이며, 그러한 인간의 모습은 먼 미래에도 변함이 없을 것입니다.

고전의 힘은 바로 여기에 있습니다. 과거에 탄생한 이야기지만 그 가치는 결코 늙지도, 바래지도 않은 채 우리에게 사유할 거리를 던져 줍니다. 그런 의미에서 고전은 미래 사회를 밝혀 주는 '영원히 새로운 이야기'라 할 수 있습니다.

이 책에서 다룬 고전들은 사회, 자연, 학교, 삶이라는 네 개의 큰 주제로 나뉩니다. 즉 오늘날 사회에서 벌어지는 문제와 관련된 작품, 자연과 함께하는 삶에 대해 생각할 수 있는 작품, 학교생활과 관련된 작품, 그리고 개인적 고민이나 앞날에 대해 생각해 볼 수 있는 작품으로 구성되어 있습니다.

각각의 고전이 21세기 오늘의 현실과 어떻게 연결되는지 알게 된다면 고전을 감상하는 재미가 훨씬 커질 것입니다. 아울러 논술 시험에 대비한 글쓰기 훈련과 교과 공부를 위한 배경 지식을 쌓는 데도 큰 도움이 될 것입니다.

각 고전 이야기의 끝에는 '사고력을 높이는 끝장 토론'을 수록했습니다. 해당 주제와 관련해 더욱 폭넓은 사고를 이끌어 낼 수 있는 논쟁적 질문들을 뽑았습니다. 이 질문을 활용해 독서 토론을 진행한다면 여러 사람의 다양한 생각과 의견을 공유함으로써 좀 더 깊이 있게 생각하는 힘을 기를 수 있을 것입니다.

'또 다른 이야기'에는 잘 알려지지 않은 작가의 이야기, 작품과 관련된 흥미로운 곁가지 이야기가 담겨 있습니다. 이것만 읽어도 남들은 잘 모르는 작품의 숨은 지식을 자랑할 수 있을 것입니다.

좋은 책을 골라 주는 최고의 도우미는 지금 자신이 읽고 있는 책이라고 합니다. 지금 읽고 있는 고전이 재미있다면 그 작가의 다른 작품이 궁금해지고, 그 고전과 주제가 비슷한 또 다른 고전을 찾아 읽고 싶어지는 것처럼 말이지요. 이 책은 그러한 책 선택을 하는 데도 도움이 될 것입니다. 부록의 '함께 읽으면 좋은 책들'에는 각 장의 주제별로 재미있고 감동적인 책들을 추천해 놓았으니 취향에 맞게 골라 읽어 보세요.

여기에 소개된 책만 다 읽더라도 여러분은 그 누구보다 높은 안목을 지닌 독서가가 될 것입니다. 모쪼록 이 책을 통해 여러분이 고전의 세계로 한 발 들여놓을 수 있다면 저자로서 큰 기쁨일 것입니다.

1장 사회

2장 자연과 공존

3장 학교

4장 삶

서정주의 친일 작품

또 다른 이야기 스파이 출신 작가 서머싯 몸

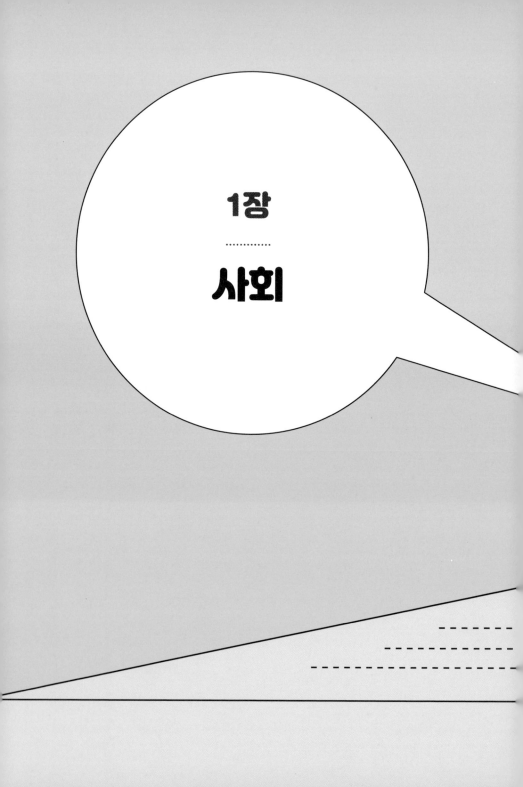

1장

사회

난민, 어떻게 받아들여야 할까?

《레 미제라블》 빅토르 위고

《레 미제라블》1862은 프랑스의 시인이자 소설가인 빅토르 위고Victor Hugo, 1802~1885의 대표작이자 프랑스 문학을 대표하는 장편 소설이다. 산업혁명기였던 19세기 초 프랑스 하층민의 모습을 통해 당대 사회의 모순과 비정함을 고발하는 한편, 평등하고 자유로운 세상에 대한 작가의 사상을 담고 있다. 영화, 뮤지컬, 드라마 등으로 가장 많이 연출된 세계적인 작품이며, 역사상 가장 긴 소설 중 하나로 우리말 완역본이 5권으로 이루어졌다.

'레 미제라블 Les Misérables'은 프랑스어로 '불우한 사람들'이라고 풀이된다. 제목의 뜻 그대로《레 미제라블》에는 빵을 훔친 죄로 평생 배척당하며 살아가는 주인공의 불우한 삶이 그려진다.

빅토르 위고는 소설 속 주인공과 같은 사회적 약자가 범죄를 저지르는 것은 '빈곤' 때문이며, 그 빈곤의 책임은 바로 사회에 있다고 말한다. 다시 말해 범죄는 사회의 부조리와 무관용 때문에 일어나는 것이지, 범죄를 저지른 자의 책임이 아니라는 것이다. 빈곤층을 비롯한 사회적 약자인 '여성, 어린이, 하인, 저교육층'이 불평등 속에 살아가는 것도 '남편, 아버지, 주인, 고소득층, 고교육층' 같은 기득권층의 책임이라고 작가는 주장한다. '죄는 미워하되 사람은 미워하지 말라'라는 말의 저작권은 위고에게 있는지도 모른다.

사회적 약자에 대한 지원으로 위고가 가장 중요하게 여긴 것은 '무상 교육'이었다. 무상 교육을 하지 않는 것은 그 사회의 죄악이라고까지 주장했다.《레 미제라블》에는 이러한 신념을 지닌 빅토르 위고의 약자에 대한 연민과 관용의 세계가 펼쳐진다.

은 식기를 훔친 장 발장에게 미리엘 신부가 은 촛대까지 챙겨 주며 용서를 베푸는 이야기는 교과서에도 실릴 만큼 유명한《레 미제라블》의 한 장면이다. 바로 이 장면에 사회적 약자에 대한 배려와 관용이라는 빅토르 위고의 세계관이 집약되어 있다.

장 발장은 굶주리는 조카들을 위해 빵을 훔쳤다가 19년간이나 감옥살이를 한다. 감옥에서 나와 의지할 곳을 찾아다녔지만 여관에 들어가 쉴 수도 없고, 식당에 들어가 밥을 먹을 수도 없었다. 감옥에서 노역해 받은 돈을 내겠다는데도 마을 주민들은 그가 범죄자였다는 사실만으로 외면하고 내쫓았다. 장 발장은 마침내 안락한 움집을 발견하는데 알고 보니 개집이었다. 그는 사람들뿐만 아니라 개한테서도 내쫓김을 당한다. 당시 프랑스 사회에서 범죄자 등 사회적 약자에 대한 혐오가 얼마나 심했는지 보여 주는 대목이다.

그런데 거리를 헤매던 장 발장이 우연히 찾아든 성당은 마치 그를 기다렸다는 듯 자물쇠가 채워져 있지 않았다. 그곳에서 미리엘 신부를 만난 장 발장은 자신이 감옥에서 막 나온 범죄자라고 고백하며 잠자리를 부탁한다. 신부가 기꺼이 방과 음식을 내주자 그는 고맙고 부담스러워 어쩔 줄 몰라 한다. 신부는 그를 '형제'라 부르며 이런 말을 한다.

"당신이 누구인지 말하지 않아도 쉴 곳을 드릴 참이었소. 이 집에서 묵으려고 하는 사람이라면 그가 누구인지는 중요하지 않소. 그저 고통 속에 있는지만 물을 뿐이오. 당신은 굶주림으로 고통받고 목이 마른 사람이니 이 집에 잘 오신 겁니다. 여기는 피신처가 필요한 사람을 위한 집이랍니다."

그런데 장 발장은 그런 은혜를 입고도 신부의 은 식기를 훔쳐서 달아난다. 경찰에게 잡힌 그를 보고 신부는 오히려 그의 딱한 처지를 걱정하며 은 촛대까지 챙겨 준다.

난민은 잠재적 장 발장인가?

장 발장을 '형제'로 받아들인 미리엘 신부의 배려와 관용은 오늘날의 난민 문제와 관련해 많은 생각거리를 던져 준다. 난민들 역시 장 발장처럼 오갈 데 없이 떠도는 처지다. 위고의 철학에 비추어 보면 난민이 그런 처지가 된 책임은 그들 자신이 아니라 사회에 있다. 난민을 만들어 낸 사회, 난민에게 손을 내밀지 못하는 사회 구조가 문제다. 그렇다고 우리 모두가 미리엘 신부가 될 수는 없을 것이다. 마음이야 미리엘 신부처럼 아무것도 묻지 않고 난민을 받아들이고 싶지만, 현실적으로 난민 수용은 꽤 까다로운 문제다.

2018년 예멘의 전쟁 난민들이 무사증 제도를 통해 제주도로 몰려든 적이 있었다 2021년 현재 코로나19 사태로 제주도의 무사증 제도는 일시 중단되었다. 당시 그들의 난민 신청을 받아들여도 되는가 하는 문제는 많은 국민적 관심과 논쟁을 불러일으켰다.

난민 수용 찬성자들은 우리나라도 한때 비슷한 처지를 겪은 적이 있고 다문화 사회인 만큼 그들을 받아들이고 함께 어울려 살아야 한다고 주장한다. 물론 '어려운 사람을 도와야 한다'는 인도주의에 반대할 사람은 없을 것이다. 장 발장에게 손을 내민 미리엘 신부의 선행을 존경하지 않을 사람도 없을 것이다. 그런데 왜 내전을 피해 떠도는 외국인들을 돕는 일에는 많은 사람이 주춤하는 것일까? 인도주의에는 공감하지만 '나와 내 나라'가 희생하는 것은 싫다는 개인주의적인 마음일까?

난민 수용 반대자들이 걱정하는 것은 사회적 약자인 난민들이 우리 사회에 섞여들어 여러 분란을 일으킬 수 있다는 것이다. 그래서 난민 자격에 대한 심사 기준을 엄격히 해야 한다고 주장한다. 그런데 심사 기준이 높을수록 본국에서 사회 경제적 위치가 높았던 사람이 난민 인정을 받을 확률이 높다. 장 발장처럼 불우하게 살았던 사람은 난민으로 정착해서도 사회적 물의를 일으킬 가능성이 높다고 여기는 것이다. 어쩌면 난민 수용 반대자들은 난민을 잠재적인 '장 발장'으로 여겨 꺼리는 것이 아닐까?

예멘의 이슬람 문화와 우리의 문화 차이가 너무 커서 발생하는 문제도 많다. 예를 들어 이슬람 문화에서는 여성의 권리가 특히 낮은 편이다. 반대로 한국은 성평등 문제에 높은 관심과 노력을 기울이는 편이다. 이런 사실을 인식하지 못한 이슬람 난민들이 성차별적 언행으로 사회 문제를 일으킬 수 있다고 반대자들은 주장한다.

우리가 설령 난민을 받아들인다고 해도 그들이 우리 사회에 잘 적응할지도 문제다. 보수적이며 배타적인 이슬람교도들에게 우리의 자유민주주의 사회는 너무나 낯선 세계일 것이다. 그들의 독특한 습성이 매우 이질적으로 다가오기는 우리 입장에서도 마찬가지다. 난민 수용 찬성자들은 이슬람 문화가 문화적 다양성에 기여할 것이라고 주장하지만, 현실은 사회적 분란에 대한 우려의 목소리가 여전히 큰 편이다.

난민을 받아들이기에 앞서

우리나라는 1992년 유엔난민기구의 '난민 협약 및 의정서'에 가입했고, 2011년에는 난민 인정과 처우에 관한 법률인 '난민법'을 제정했다. 그런데 법무부 자료에 따르면 2013년부터 2017년까지 우리나라의 난민 인정률은 약 4.1퍼센트로, 세계 평균치인 38퍼센트에 한

참 못 미치는 수준이다. 세계 11위2019년 기준라는 경제 규모에 비춰 볼 때 난민에 대한 우리나라의 기여도는 0퍼센트에 가까운 셈이다. 이는 사회적 약자에 대한 책임이 강자에게 있다는 빅토르 위고의 철학에 반하는 행보다.

경제 규모가 크다고 해서 난민을 받아들일 수 있는 여건과 능력이 저절로 갖추어지는 것은 아니다. 난민 수용에 앞서 우리 사회는 몇 가지 준비를 해야 한다. 우선 난민에 대한 인식의 변화가 필요하다. 미리엘 신부가 장 발장을 '형제'라고 부른 것처럼 편견과 배척의 시선을 거두고 난민을 새로운 형태의 동반자로 보아야 한다. 미리엘 신부처럼 한없는 자비를 베풀며 살아가기는 어렵겠지만 적어도 장 발장을 매정하게 내쫓은 식당과 여관 주인이 되어서는 안 될 것이다.

난민이 우리 사회의 일원으로 정착할 수 있도록 교육과 지원에도 힘써야 한다. 난민의 상당수가 어린이와 청소년인 만큼 이들을 포용하기 위한 교육 정책이 무엇보다 중요하다. 유엔난민기구의 통계에 따르면 2018년 기준 전체 난민의 약 50퍼센트가 18세 미만인데, 이들은 정착지 없이 떠도는 가운데 학업을 중단한 경우가 많다. 성인 난민들 또한 가장 열악한 노동 환경에서 불공정한 대우를 받는 경우가 많다. 교육과 지원, 배려를 통해 이런 문제를 최소화할 때 '문화적 차이'는 '문화적 다양성'이라는 열매로 성숙할 것이다.

난민 수용을 위한 체계적인 법과 제도를 마련하는 것도 중요하다. 법과 제도가 허술하다면 난민 범죄와 인종 차별 문제가 빈번히 발생할 것이다. 또 생활 습관 등 사소해 보이는 문화 차이가 큰 분란으로 발전할 수 있다. 그럴 경우 난민을 통한 노동 문제 해결 같은 긍정적인 효과는 기대하기도 힘들 것이다.

난민 수용 찬성자들의 의견 중 하나가 바로 난민을 통해 부족한 노동력 문제를 해결할 수 있다는 것이다. 우리나라는 일본과 마찬가지로 고령 사회로 접어들었고 출산율이 세계 최하위에 가깝다. 이는 곧 부족한 노동력 문제로 이어질 것이다. 이미 풍부하고 값싼 노동력을 찾아 해외로 진출하는 기업이 생겨나고 있다. 인도적 차원에서뿐만 아니라 노동력 문제와 국제적 위상을 고려하더라도 우리나라는 앞으로 더 많은 난민을 수용해야 하지 않을까?

사고력을 높이는 끝장 토론 💬

1. 한 나라의 인종과 문화가 다양해지면 국가 경쟁력이 향상될까?

2. 난민 수용 찬반 여부는 통치권자가 결정해야 할까, 아니면 여론에 따라 다수결로 결정해야 할까?

수레꾼보다
더 초라한 식사

《레 미제라블》은 위대한 문학 작품이면서 19세기 프랑스의 사회, 문화, 역사가 담겨 있는 역사적 사료이기도 하다. 대표적으로 프랑스군이 워털루에서 연합군과 대적한 '워털루 전쟁'에 대한 이야기는 역사 교재에서는 경험할 수 없는 현장감을 선사한다.

파리 하수도의 건설 과정과 수리에 대한 이야기도 흥미진진하다. 당시 오물이 넘쳐나던 하수도를 멋지게 수리한 인물은 마치 전쟁에서 나라를 구한 영웅처럼 칭송받는다.

미리엘 신부가 1만 5,000프랑의 월급을 어디에 얼마나 사용하는지 16가지 항목으로 적은 예산서도 볼 수 있다. 신부는 월급의 15분의 1만 개인적인 용도로 쓰고 나머지는 주로 불우한 이웃들을 위해서 사용했다.

미리엘 신부와 장 발장이 함께한 저녁 식사 내용도 빼곡히

서술되어 있다. 식사의 주 메뉴는 물, 기름, 소금, 빵을 섞어 만든 수프다. 이 소박한 수프조차도 구운 지 오래되어 돌처럼 딱딱해진 빵을 버리지 않고 먹기 위해 물을 넣어 끓인 것이다. 월급 사용 예산서와 함께 이 식사 내용은 미리엘 신부가 얼마나 청빈한 삶을 살았는지 짐작할 수 있는 대목이다. 식사가 얼마나 소박했으면 굶주림에 시달린 장 발장조차 '수레꾼보다 더 초라한 식사'라고 생각했을까. 신부와 장 발장의 식사 장면은 《레 미제라블》의 명장면 중 하나이자, 당시 서민들의 생활을 잘 보여 주는 중요한 사료로 전해진다.

직장인은
현대판 노예일까?

《모비 딕》 허먼 멜빌

어떤 고전일까?

《모비 딕》1851은 19세기 미국 문학을 대표하는 작가 허먼 멜빌Herman Melville, 1819~1891의 장편 소설이다. 고래잡이배가 거대한 흰 고래를 쫓아가 한바탕 싸움을 벌이다 결국 침몰하는 이야기다. 흥미진진한 에피소드는 없지만, 고래와 포경업고래잡이 일에 관한 세밀한 정보가 가득해 '고래학'이라 불러도 좋을 정도다. 이 한 권의 고래학 속에 시대를 초월하는 세상사에 관한 통찰이 짙게 묻어 있다.

《모비 딕》에는 '스타벅'이라는 이름의 일등 항해사가 등장한다. 유명한 커피 전문점 이름인 '스타벅스'가 바로 《모비 딕》의 '스타벅'에서 따온 것이다. 스타벅스는 우리에게 매우 대중적인 장소가 되었지만, 스타벅이 등장하는 《모비 딕》은 우리나라 독자들이 그리 많이 찾는 고전은 아니다. 그러나 영미권에서 이 소설이 누리는 위상은 대단하다. 미국에서도 작가가 숨질 때까지 이 소설의 존재감은 미미했는데, 작가 사후 재평가를 통해 영문학을 대표하는 작품이 되었다.

한때 우리나라에서 이 책은 '흰 고래'라는 뜻의 '백경白鯨'이라는 제목으로 출간되었다. 낯설고 딱딱한 어감 때문인지 요즘에는 '모비 딕Moby Dick'이라는 원서 제목 그대로 출간된다. 하지만 '모비 딕'도 낯설기는 마찬가지다모비 딕은 작품에 등장하는 고래 이름이다. 어디 제목만 그런가? 거의 800쪽에 달하는 분량 또한 독자들에게는 고래만큼이나 거대한 적이다.

《모비 딕》은 극적인 이야기 대신 고래와 포경업에 관한 세밀한 정보와 지식이 대부분을 차지한다. 독자들이 기대하는 모비 딕과의 대결 내용은 뒷부분에 가서야 수십 쪽을 차지할 뿐이다. 소설 감상의 즐거움을 쉽게 누리기가 어려운 작품이라 실제로 완독을 한 독자는 흔치 않다. 그러나 작정하고 책장을 넘기기 시작한 독자라면 미국인들이 왜 그토록 이 소설을 귀하게 여기는지 이해하게 될 것이다.

《모비 딕》은 1851년 발표되었다. 우리나라에서 안동 김씨가 세도 정치를 이어 가고, 개혁 운동에 앞장선 김옥균이 태어난 해다. 그 시기에 쓴 소설에 허먼 멜빌은 21세기 현대인의 고민과 문제를 고스란히 담아냈다. 이교도에 대한 관용, 자연에 대한 경외심, 음식 제국주의, 종교의 부작용과 대처 방법 등이 바로 이 19세기 작품에 그려져 있다. 마치 21세기에 쓴 소설이 아닌가 할 정도다. 당시 서양에 만연했던 인종 차별이나 종교의 부작용을 비판한 내용이라는 평가도 있다. 물론 맞는 말이다. 이 작품의 놀라운 힘은 그 비판이 19세기만이 아니라 오늘날의 사회상에도 그대로 적용된다는 것이다.

노예가 아닌 사람이 어디 있습니까?

《모비 딕》을 읽다 보면 고전은 낡은 것이 아니라 '오래된 미래'임을 확신하게 된다. 작품 속에서 인간의 애달픈 삶을 통찰한 대목 중에 이런 문장이 등장한다.

"이 세상에서 노예가 아닌 사람이 어디 있습니까?"

현대 사회의 직장인이라면 누구나 공감할 만한 문장이다.

《모비 딕》에 따르면 19세기 미국의 포경선은 군대처럼 선원들의 서열이 엄격했다고 한다. 왕이자 독재자인 선장을 필두로 일등 항해사, 이등 항해사, 삼등 항해사, 노꾼, 목수, 요리사 등 서열에 따라 다양한 직책이 있었고, 능력에 따라 배당금을 지급받았다. 서열관계가 얼마나 엄격했던지 백인 요리사가 식인종 출신 흑인의 식사 시중을 들기도 했다. 당시 노예 제도에 따르면 모든 흑인은 백인보다 낮은 계층으로 여겨졌는데도 말이다.

《모비 딕》의 화자인 이슈메일은 피쿼드호라는 포경선의 말단 선원으로 취직한다. 그는 돛대 망루에 올라 고래를 기다리며 보초를 서고, 간부들의 명령에 따라 메뚜기처럼 이리저리 뛰어다니고, 빗자루로 갑판 청소를 한다. 스스로 이 일은 고달프고 자존심 상하는 일이라고 인정하면서도 업무에 충실한다. 이런 일을 상관의 명령에 따라 빙긋이 웃으며 해낼 수 있으려면 스토아학파의 교훈을 한약처럼 달이고 달인 엑기스, 즉 인내와 끈기가 필요하다고 한다. 이런 일자리 앞에서 주저하는 이들을 향해 이슈메일이 던진 한마디가 이것이다.

"이 세상에서 노예가 아닌 사람이 어디 있습니까?"

이 문장이야말로 오늘날의 사회에도 유효한 《모비 딕》의 명 구절이다. 세상의 모든 피고용인은 하는 일만 다를 뿐 온갖 굴욕을 견뎌 내야 한다는 점에서 같은 처지다. 그러니 노예와 같은 삶을 살아간다고 해서 특별히 굴욕적이라고 자책할 필요는 없다고, 이슈메일은 반문한 게 아닐까?

나는 노예가 아니다

《모비 딕》에서 묘사하는 선원들의 위계 질서는 상상을 초월한다. 식사할 때도 선장이 가장 먼저 식당에 들어서며 그다음 서열인 일등 항해사, 이등 항해사, 삼등 항해사가 순서대로 입장한다. 수저를 드는 것도 물론 상급자가 먼저 하지만, 내려놓는 건 하급자일수록 먼저 해야 한다.

그런 선원들의 생활을 들여다보면 오늘날 직장 생활을 하는 현대인의 모습과 크게 다르지 않다는 걸 알 수 있다. 요즘에는 직원들의 수평적인 관계를 위해 직급 대신 서로 이름으로 부르는 회사들도 생겨나고 있다. 하지만 그런 곳의 직원이라고 해서 상사의 눈치를 보지 않을 수 있을까? "노예가 아닌 사람이 어디 있습니까?"라는 이슈메일의 반문에 자신 있게 "나는 아니다"라고 대답할 수 있는 직장인이 몇이나 될까?

피쿼드호의 선장이 이슈메일에게 더 빨리 노를 저으라고 호통치면 이슈메일은 군소리 없이 죽을힘을 다해 노를 젓는다. 그래야만 봉급을 받을 수 있고 먹고살 수 있다. 봉급을 받기 위해, 능력을 인정받기 위해 이 악물고 버티는 오늘날의 직장인과 다를 바 없다. 현대인이 회사에서 받는 실적에 대한 압박과 질책을 떠올리면 피쿼드호 선장의 호통은 차라리 간지러운 수준일지 모른다.

모든 직장인이 노예와 다를 바 없다는 말을 불쾌하게 여길 사람도 있을 것이다. '나는 높은 복지 수준을 누리며 일하고 있다'며, 노예의 삶과는 비교도 되지 않는다고 말이다. 과연 800쪽에 달하는 포경선 선원의 이야기에서 현대 사회의 복지에 해당하는 구절은 보이지 않는다.

철학자 니체는 하루 중 3분의 2의 시간을 자유롭게 사용하지 못하면 노예라고 정의했다. 높은 복지 수준을 누리는 직장인들은 과연 몇 시간을 자유로운 개인 시간으로 사용할까? 혹시 직장에서 해고당하면 복지 혜택을 누리지 못하게 될까 봐 더더욱 업무에 매달리고 있지는 않을까?

일과 개인 생활의 균형

오늘날의 젊은 세대는 높은 연봉을 받으며 온종일 업무에 매달리기보다 '저녁이 있는 삶'이 보장되는 회사를 선호한다. 일과 개인적인 생활이 균형을 이룬 삶을 추구하는 것이다. 이러한 관점을 반영한 '워라밸 work and life balance'이라는 신조어까지 생겨났다.

워라밸에 대한 추구는 《모비 딕》의 선원들은 물론 과거의 직장인들은 거의 떠올리지 못한 개념이다. 과거에는 높은 연봉을 받을수록 더욱 회사 업무에 충실했고, 밀린 업무를 제쳐 두고 '칼퇴근'하는 직원은 상사의 눈치를 받았다.

요즘 그런 보수적인 조직 문화는 점점 사라지고 있다. 젊은 세대는 아무리 연봉이 높다고 해도 노예처럼 일하려고 하지 않는다. 회사의 방침이 효율적이지 못하다면 개선하기 위해 목소리를 높이고, 열심히 일한 후에는 당당히 퇴근해서 개인 생활을 즐긴다. 하지만 워라밸을 내세워 개인 생활을 중시하다 보면 경쟁 사회에서 밀려나 결국은 삶의 질이 떨어지게 된다는 한계도 있다.

최근에는 'MZ 세대' 사이에서 그런 한계를 극복하려는 사람들이 속속 등장하고 있다. MZ 세대는 1980년대 이후에 태어나 디지털 환경에 익숙하고 개성과 자유를 매우 중요하게 여기는 사람들이다. 이들은 단지 돈을 쫓기보다 자신의 관심 분야에서 일을 선택하려는 성향이 강하다. 그래서 주도적이고 자유로운 직장 생활을 하고, 퇴근 후에도 기꺼이 일과 관련된 활동을 하며 개인적인 수익을 창출하기도 한다.

퇴근 후 회사 업무와 상관없는 활동을 하며 자기계발을 하는 사람도 많다. 다만 과거 세대가 단지 회사의 업무 능력 향상을 위해 자기계발을 했다면, 요즘 젊은 세대는 취미와 재능을 고려한 활동을 하며, 이 활동이 또 하나의 직업으로 이어지는 경우가 많다. 그러다 보니 두 개 이상의 직업을 가진 'N 잡러'가 점점 늘어나고 있다. 심지어 깨어 있는 시간의 활동이 전부 '일'인 사람도 있다. 그런데도 그들이 즐겁게 일할 수 있는 것은 바로 일에서 즐거움을 느끼기 때문이다.

　　이처럼 노예처럼 일하지 않으려는 노력은 앞으로도 이어질 것이다. 그리고 그 고민의 결과는 계속해서 다양한 형태로 우리 앞에 펼쳐질 것이다.

사고력을 높이는 끝장 토론 💬

1. 회사의 불공정한 처우 속에서 '노예'처럼 일하는 노동자들의 사례를 찾아보자.

2. 퇴근 후 친구나 가족과 함께하기보다 또 다른 일을 하는 사람들이 늘어나고 있다. 이런 사회 현상이 어떤 폐해를 불러올 수 있는지 이야기해 보자.

자연에 대한 경외심을
노래한 소설

《모비 딕》은 고래와 싸우는 이야기를 담고 있지만, 고래를 적으로 보지 않는다. 오히려 동물과 자연에 대한 존중과 경외심을 보여 준다. 포경선 안에서 독재자나 다름없는 선장이 자연을 정복의 대상으로 여기는 인물이라면, 일등 항해사 스타벅은 그 반대편에 선 인물이다.

선장은 고래와 싸우다 한쪽 다리를 잃고 고래에게 적개심을 품고 복수하겠다며 이를 간다. 그런 선장에게 스타벅은 "말 못하는 짐승에게 복수가 웬 말이냐? 고래는 그저 본능대로 행동했을 뿐"이라며 반기를 든다. 스타벅은 노예와 같은 선원들 사이에서 간접적으로나마 선장에게 대항하는 유일한 선원이다. 그는 "고래를 두려워하지 않는 자는 내 보트를 타지 말라"고 할 만큼 동물과 자연을 고귀하게 여긴다.

화자인 이슈메일이 노예와 같은 생활을 감수하며 말단 선원으로 취직한 것도 고래와 바다, 자연의 신비로움에 매력을 느꼈기 때문이다. 소설의 이야기가 고래와의 '싸움'으로 포장된 것은 고래와 자연의 아름다움을 극대화하기 위한 장치인지도 모른다.

　모비 딕과 일전을 벌인 끝에 이슈메일 외에는 전부 죽는다는 결말도 인간은 결국 자연과 대항해 이길 수 없는 존재라는 메시지를 전한다.

성 역할에 대한 편견, 무엇이 문제일까?

《바람과 함께 사라지다》 마거릿 미첼

어떤 고전일까?

마거릿 미첼Margaret Mitchell, 1900~1949은 미국 동남부의 도시 애틀랜타에서 한 때 기자로 활동했다. 그때 사고로 다리를 다쳐 회복을 기다리는 동안 독서에 빠지게 되었고, 독서하는 한편 자신이 나고 자란 미국 남부의 이야기를 소설로 쓰게 되었다. 10년 동안 쓴 그 글이 《바람과 함께 사라지다》1936로 탄생했고, 출간한 지 1년 만에 약 150만 부가 팔렸다. 지금까지도 세계적인 걸작으로 꼽힌다.

《바람과 함께 사라지다》는 전 세계에서 가장 대중적인 인기를 얻는 고전 소설로 꼽힌다. 심지어 북한에서도 베스트셀러로서 꽤 많은 독자를 거느리고 있다. 북한에서는 모든 출판물을 체제 선전의 도구로 관리하는데, 그런 북한에서 미국 대중 소설이 번역되고 인기를 끈다는 것은 흥미로운 사실이다.

북한에서 출판물이 나오려면 북한 권력의 중추인 조선노동당이 지향하는 목표와 일치해야 한다. 특히 프롤레타리아 계급의 우월성과 반자본주의에 대한 내용을 보여 주어야 한다. 《바람과 함께 사라지다》가 어떻게 이 까다로운 조건을 통과하고 북한 당국의 입맛에 맞는 작품으로 인정받았을까?

추측을 해 보자면 봉건적인 사회였던 미국 남부의 입장에서 자본가가 이끄는 북부의 산업 사회를 비판한 내용이 많았기 때문일 것이다. 소설 속 여성들이 남성을 위해 희생하는 모습이나, 온순하고 순종적인 노예들의 모습이 보수적인 북한 사회를 대변해 주기 때문이라고 볼 수도 있다. 전쟁 속에서 고통을 견뎌 내는 인물들을 통해 북

한 주민들에게도 강한 정신력으로 어려움에 맞서야 한다는 교훈을
심어 주려는 것인지도 모른다.

여성의 나약함은 미덕?

《바람과 함께 사라지다》는 미국 남북전쟁 전후의 남부 애틀랜타
를 배경으로 한다. 그 당시 미국 남부는 흑인 노예를 고용해 목화와
담배 농장을 운영하던 보수적이고 가부장적인 사회였다. 얼마나 가
부장적이고 남녀 차별이 심했던지, 남성은 가시에만 찔려도 황소처
럼 울부짖었는데, 여성은 출산 중에도 집안 남자들의 귀에 '거슬리지'
않도록 신음 소리조차 죽여야 했다.

극심한 성차별은 19세기 미국 남부뿐만 아니라 당시 유럽도 마
찬가지였다. 가정 내에서뿐만 아니라 사회 경제적인 활동에서도 차
별이 뚜렷했다. 여성에게는 순종적이고 내향적인 태도를 장려했으며,
심지어 여성의 나약함을 미덕으로 칭송하기까지 했다. 여성이 뱀이
나 쥐를 보고 기절하는 걸 매력적인 행동으로 여겼고, 그래서 걸핏하
면 기절하는 것이 여성들 사이에 유행하기도 했다. 이틀 내내 왈츠를
춰도 지치지 않는 젊은 여성들이 자신의 연약함을 과시하기 위해 남
성과 잠깐 춤추고 나서 어지러운 척 연기하기도 했다. 똑똑하다고 알

려진 여성들은 '남자보다 똑똑한 여자'라는 '오명'을 사서 혼담이 오지 않을까 봐 걱정했다.

《바람과 함께 사라지다》에서 주인공 스칼릿은 뭇 청년들의 관심을 받지만, 그녀의 마음은 일편단심 애슐리에게만 향해 있다. 안타깝게도 애슐리는 다른 여성과 결혼해 버리고, 스칼릿은 큰 상처를 받고 괴로워한다. 그런 스칼릿에게 아버지 제럴드는 "여자에게 사랑은 결혼한 다음에 찾아오는 것"이라며 위로한다. 그러면서 여성이 자유 의지로 배필을 찾는 것은 북부 지역 사람들이나 하는 행동이며, 부모가 정해 주는 배필과 결혼하는 것이 훌륭한 결혼이라고 가르친다.

소설 속에서 제럴드는 남성에 대해서도 다음과 같이 고정된 성 역할을 기대하는 발언을 한다.

"남자라면 당연히 해야 할 사냥이나 포커는 하지 않고 맹숭맹숭하게 책이나 읽으면서 도대체 무슨 쓸데없는 생각을 하는지 모르겠구나."

성차별적 가치관이 담겨 있는 교과서와 교훈

성 평등에 관한 우리나라의 인식은 수십 년 전에 비해 놀랍도록 개선되었다. 1970년대만 하더라도 남녀 합반인 경우 반장은 으레 남학생 몫이었다. 출석을 부를 때도 남학생을 다 부르고 나서야 여학생을 불렀다. 남학생이 여학생을 좋아해 쫓아다니는 것은 성장 과정의 자연스러운 행동이었고, 반대의 경우는 부도덕한 일로 여기는 분위기였다.

오늘날의 학교나 가정에서는 어떨까? 딸 스칼릿에게 수동적인 여성상을 훈육하던 제럴드가 사라졌을까?

'2015 개정 교육과정'의 《기술·가정》 교과서에는 이런 삽화가 등장한다. 주거 환경을 다루는 내용의 삽화로, 어머니로 보이는 여성이 설거지를 하고 실내 환기를 시키며 행복한 미소를 짓고 있다. 교실에서 학생들을 가르치는 교사나 밖에서 다양한 직군에 종사하는 인물로는 주로 남성이 등장한다. 학생들에게 균형 잡힌 시각을 심어 줘야 할 교과서가 성 역할에 대한 고정적 가치관에 젖어 있는 것이다.

학교 교훈에서도 뿌리 깊은 성차별적 가치관을 들여다볼 수 있다. 교훈이란 학교가 나아갈 방향을 제시한 표어로 학교 구성원들의 의견을 모아 정하는 것이 바람직하다. 그러나 현실은 학교 설립자를 비롯한 고위 관계자들이 정하는 경우가 많다. 많은 학교가 성 평등이라는 개념조차 생소했던 시절에 세워졌고, 그 시절의 가치관에 따라 정한 교훈을 21세기인 지금까지 사용하는 경우가 많다.

특히 여학교 교훈 중에는 《바람과 함께 사라지다》에 등장하는 미국 남부의 가부장적인 여성관에서 조금도 진보하지 않은 내용이 많다. 다음의 사례를 보자.

> 학교 1. 성실, 순결, 봉사
> 학교 2. 겨레의 참된 어머니가 되자
> 학교 3. 겨레의 밭

남학교 교훈에는 '용기', '명예', '단결'과 같은 단어가 많은 반면, 여학교 교훈에는 '순결', '정숙', '예의', '겨레'와 같은 단어가 많이 보인다. 남학교는 미래 지향적이고 활동적인 면을 강조한 데 반해 여학교는 수동적이고 전근대적인 가치관을 강조한 것이다.

순결을 중요한 가치의 하나로 내세운 것은 지금의 시각에서는 민망하기까지 하다. 심지어 어떤 여학교 교가에는 "순결함은 우리의 자랑"이라는 가사도 있다. 이는 《바람과 함께 사라지다》에서 스칼릿의 아버지가 딸에게 훈육했던 '여자에게 사랑은 결혼한 다음에 찾아온다'는 말과 거의 같다. 그 밖에 여학교 교훈에 감초처럼 등장하는 표현인 '꽃'이나 '향기로운'도 여성이 능동적으로 미래를 개척하는 게 아니라 남성의 선택과 지시를 기다리는 수동적이고 보조적인 존재라는 의미를 품고 있다.

'차별'로 자리매김한 '차이'

여성이 아이를 돌보거나 집안일을 하는 삽화를 '차별'이 아니라 '차이'의 개념으로 보는 시각도 있다. 여성과 남성은 서로 다른 신체 구조를 타고났기 때문에 그 신체 특성에 적합한 역할을 하는 게 좀 더 높은 생산성을 끌어낼 수 있다는 의미에서다. 이러한 차이는 우리 사회에 계층이나 차별이란 개념이 생겨나기 전인 수렵 채집 시대 때부터 존재해 왔다. 남성은 밖에 나가 먹을거리를 구해 오고, 여성은 보금자리에 남아 아이를 돌보는 역할을 맡았던 것이다.

애초에 차이로 시작된 남녀의 역할은 시대가 흐르면서 차별로 자리매김하게 되었다. 특히 산업 사회로 접어들어 경제 활동 영역이 세분화되면서 직업에서도 성차별적 편견이 생겨나게 되었다. 이러한 편견은 비단 여성에게만이 아니라 남성에게 적용되기도 한다. 예를 들면 전업주부, 간호사, 패션이나 헤어 디자이너로 일하는 남성에게 스칼릿의 아버지와 같은 발언을 하는 사람들이 있다. "남자라면 당연히 해야 할 사냥은 하지 않고……"라고 말이다.

집안일이나 환자를 돌보는 일에서, 또는 패션 및 헤어 디자인 등에서 과연 여성보다 남성의 능력이 떨어진다고 주장할 수 있을까? 유명한 요리사나 디자이너 중에 쉽게 남성을 찾아볼 수 있다는 사실만 봐도 이에 대한 대답은 금방 나온다.

성 역할에 대한 사회적 편견은 직업 선택의 폭을 좁혀 버리며, 남녀 간의 갈등을 불러일으킬 수 있다. 특히 여성은 양육의 의무, 남성은 부양의 의무를 져야 한다는 고정관념이 부부간의 갈등을 조장하거나 여성의 경력 단절, 결혼율과 출산율 저하 같은 사회적 문제로 발전하기도 한다. 교과서 속 삽화에도 이제는 집안일을 하거나 간호사로 일하는 남성, 범인을 제압하거나 비행기를 조종하는 여성 등의 모습을 그려 넣어야 하지 않을까?

사고력을 높이는 끝장 토론 💬

1. 교과서에서 성차별적인 요소가 들어 있는 부분을 찾아보자.

2. 성 역할에 대한 고정관념이 심화되면 사회적으로 또 어떤 문제가 생길까?

영화에는 생략된 소설 속
흥미로운 장면

《바람과 함께 사라지다》를 소설보다는 영화로 기억하는 사람
이 많다. 스칼릿 역을 맡은 배우 비비언 리도 영화 제목만큼이
나 유명하다. 영화를 통해 그 내용을 익히 알고 있어서인지 원
작 소설을 찾아보는 사람은 많지 않다. 하지만 이 작품은 영화
이기 전에 유명한 베스트셀러 소설이었고, 미국 최고의 권위를
자랑하는 문학상인 퓰리처상까지 받았다. 대중성과 높은 문학
성을 겸비한 작품이라는 의미다.

《바람과 함께 사라지다》는 우리말 번역본이 1,500쪽이 넘
는 대작이지만 읽기에 그리 부담스럽지 않다. 오히려 일단 읽
기 시작하면 중간에 결코 멈출 수 없을 것이다. 영화에서는 표
현하지 못한 수려한 문장이 소설 곳곳에서 살아 꿈틀거리기 때
문이다. 더구나 영화에서는 상영 시간상 생략할 수밖에 없었던
재미있고 감동적인 에피소드를 마음껏 감상할 수 있다.

소설에는 키가 150센티미터가 간신히 넘는 제럴드가 스물

여덟 살이나 어리고 키도 큰 미녀와 결혼하는 과정도 그려진

다. 그가 도박을 해서 큰 목장을 차지하게 되는 이야기도 소설

속에서만 감상할 수 있는 내용이다.

관료제의 법과 원칙, 반드시 지켜야 할까?

《악령》 표도르 도스토옙스키

《악령》1871은 19세기 러시아의 대문호 표도르 도스토옙스키Fyodor Dostoevskii, 1821~1881의 5대 장편 소설 중 하나다. 19세기 러시아에 만연했던 무신론과 허무주의를 비판하는 내용으로, 철학과 종교에 관한 작가의 사상이 집약되어 있다. 작가의 가장 유명한 소설 《죄와 벌》, 《카라마조프 가의 형제들》과 비견할 만큼 뛰어난 작품이다.

도스토옙스키는 철저한 생계형 작가였다. 원고료를 받아 먹고살기 위해 펜을 들었다. 골방에 은둔해 상상력으로 글을 쓰는 건 그와 어울리지 않았다. 그는 현실 세계에 발을 딛고 사회 문제에 촉각을 곤두세우며 이야깃거리를 찾았다. 그래서 도박, 사치, 음주, 살인, 가난, 정치, 종교 등의 소재들이 그의 소설 속에 등장한다.

《악령》을 읽은 사람이라면 인상적으로 기억하고 있는 한마디가 있을 것이다. 바로 '행정적 희열'이다. 처음 듣는 사람이라면 대체 이게 무슨 말인가 하고 의아해할 것이다. 소설 속 인물 스테판도 마찬가지였다.

"행정적인 희열이라고요? 그게 무슨 말인지 알 수 없군요."
"그건 말이죠. (중략) 거지발싸개 같은 기차 승차권 매표소 일을 누구든 가장 비천한 사람에게 맡겨 보세요. 그러면 이 하찮은 사람은 당신이 표를 사려고 오면 자기 권력을 자랑하기 위해서 마치 로마 신화에 나오는 최고의 신인 것처럼 당신을 무시할 겁니다. '이봐, 당신

에게 내 권력을 보여 주겠어. 이게 바로 그거야'라는 식으로요. 이 상
황이 되면 그 사람은 행정적 희열을 맛보는 겁니다."

《악령》의 주요 인물인 스테판 베르호벤스키는 자신이 받은 부당
한 처사에 대해 현 지사를 찾아가 항의한다. 지사는 스테판의 억울
함에 대해 귀 기울이기는커녕 "내가 누구인지 알고나 감히 그런 이야
기를 하느냐?"라고 호통을 친다.

스테판은 자신의 후견인이자 친구인 바르바라를 찾아가 관료들
의 그런 행태에 대해 불만을 토로하는데, 이때 바르바라가 해 준 말이
바로 '행정적 희열'이다. 간이역 매표소 직원도 자신 앞에서 쩔쩔매는
승객을 보며 행정적 희열을 느끼듯이, 권력을 휘두르고 싶어 하는 건
모든 인간의 본성이라고 도스토옙스키는 바르바라의 입을 빌려 말한
것이다.

이는 오늘날 권력을 쥔 자들의 부당한 '갑질' 행태를 비판하는 말
이기도 하다. 갈수록 사회적 불균형이 심해지면서 고위 관료들의 권
력 남용은 다방면에서 사회적 분란을 일으키고 있다. 인간의 본성이
빚어 낸 이러한 사회적 고질병에 대해 150년 전의 도스토옙스키는
'행정적 희열'이라는 한마디로 예리하게 지적한 것이다.

제 아무리 별 볼 일 없는 권한이라도 해당 권한 내에서 마음껏 권력을 휘두르며 남 위에 군림하고 싶어 하는 것이 인간이다. 이러한 행정적 희열이 만들어 내는 불편한 상황은 우리 생활 곳곳에서 발견할 수 있다. 예를 들면 교실이 추워서 감기에 걸릴 지경인데 학교 측에서 온풍기를 틀지 못하게 하거나, 교사가 학생의 스마트폰을 수거하면서 변명할 수 있는 단 몇 초의 여지도 주지 않는 것 등이다.

이런 불편한 상황은 특히 관공서나 공기업 등의 업무 처리 과정에서 흔히 나타난다. 도스토옙스키의 또 다른 소설《죄와 벌》에 바로 그런 상황이 그려진다.《죄와 벌》의 주인공 라스콜리니코프는 경찰서 출두 통보를 받고 바짝 긴장해서 경찰서로 달려간다. 경찰서에서 만난 첫 번째 공무원은 자기 업무가 아니라며 손가락으로 다른 곳을 가리킨다. 라스콜리니코프를 대면한 고위 경찰은 9시까지 출두하라고 통보했는데 왜 12시를 넘겨서 왔느냐고 호통을 친다. 라스콜리니코프는 소환장을 15분 전에야 받았다고 억울함을 토로하지만, 경찰은 담배를 피우면서 '여기가 어딘데 건방지게'라는 식으로 상대를 업신여긴다. 행정 실수를 인정하지 않고 오히려 시민을 탓하고 권위적으로 나오는 고위 공무원의 흔한 모습이다.

도스토옙스키는 이렇게 행정적 희열을 탐하는 관료들의 행태와 관료주의에 대한 비판을 소설 곳곳에 담아냈다. 사실 도스토옙스키 자신 역시 행정적 희열의 희생자였다. 그는 젊은 시절 농노 해방 같은 '불순한 모의'를 했다는 이유로 사형을 선고받았다. 그런 일에는 기껏해야 몇 개월간의 유배형을 받는 게 일반적이었는데 어찌 된 일인지 도스토옙스키는 총살형을 선고받았다. 그렇게 그가 두건을 쓰고 사형 집행을 기다리고 있는데, 돌연 황제의 칙사가 나타나 사형을 취소하고 시베리아 유배형에 처한다는 소식을 전했다.

알고 보니 이것은 황제 니콜라이 1세의 '쇼'였다. 애초부터 황제는 '철없는 젊은이들'을 죽일 생각이 없었고 '처형 쇼'를 통해 단지 겁만 주려 했다. 그 당시 니콜라이 1세는 이런 쇼를 종종 즐겼는데, 실제로 상당한 효과를 얻었다고 한다. 아무리 황제라고 해도 인간의 목숨을 두고 장난을 친다는 것은 용납할 수 없는 일이다. 이 사형 연극이야말로 행정적 희열의 대표적인 사례라 할 수 있다.

법과 원칙을 내세우는 관료주의의 병폐

도스토옙스키는 생의 대부분을 빚쟁이와 대가족 부양자로 살았다. 또한 4년 동안 시베리아 유배 생활을 했기에 관료들에게 행정적 희열의 희생양이 되기 쉬웠다. 자신만 쳐다보는 가족들과 빚 독촉을 피해 유럽을 여행하며 글을 쓰던 시절도 예외가 아니었다. 임시 거주증으로 잘 지내 온 그에게 관청에서는 상시 거주증이 없다는 이유로 여권을 발급해 주지 않았다. 왜 갑자기 상시 거주증을 요구하느냐는 이의 제기도 무시되었고, 임시 거주증과 상시 거주증의 차이가 무엇이냐는 질문에도 '나도 모른다'는 대답만 돌아왔다. 결국 임시 거주증 대신 다른 증명서를 발급받아 여행을 계속할 수 있었지만 도스토옙스키의 분노는 사그라들지 않았다. 진작 다른 증명서를 발급해 주었으면 좋았을 텐데 관료들의 나 몰라라 식 일 처리 때문에 도스토옙스키는 괜한 감정 소모와 불편함을 겪은 것이다. 어쩌면 관료들은 대작가를 상대로 마음껏 권력을 과시하고 싶어 심술을 부렸던 것인지도 모른다.

이러한 관료주의의 병폐는 민주주의가 완전히 정착되지 않은 후진국이나 독재 국가에서 더욱 기승을 부린다. 도스토옙스키가 살았던 19세기 러시아 제국 시기가 특히 그랬다. 〈외투〉, 〈코〉 등 사실주의 소설로 유명한 러시아 소설가 니콜라이 고골도 이렇게 토로했다.

"관청에서 일하는 인간들만큼 화를 잘 내는 족속이 또 있을까?"

관료들이 권력의 칼을 휘두를 수 있는 배경에는 해당 조직의 규정과 관행이 버티고 있다. 법 규정이 억울한 희생자를 만들어 낼 수 있는 경우라면 법을 개선해야 하는데, 관료들은 개선 과정에 있을 진통이 두려워 기존의 법만 내세우기 일쑤다. 2014년 세월호 참사 때

제자들을 구하느라 목숨을 희생한 기간제 교사 두 명은 당시 순직을 인정받지 못하고 산업재해보상보호법에 따른 보상만 받았다. 그들이 정규직 교사, 즉 공무원이 아니기 때문에 규정상 순직 처리는 할 수 없다는 것이 그 이유였다. 기간제와 정규직 교사의 업무상 차이는 사실상 없다. 순직한 두 기간제 교사는 정교사와 다름없이 담임을 맡았고, 위급 상황에서 자신보다 제자들의 목숨을 구하기 위해서 뛰어다녔다.

두 교사는 순직한 지 무려 3년 3개월이 지나서야 대통령의 지시와 법 개정을 통해서 순직을 인정받았다. 그전까지는 기간제 교사를 순직 처리하는 근거 규정이 없었으니 그 어떤 공무원을 탓할 수도 없다. 다만 번거로운 일을 외면하고 편한 업무 처리를 우선하는 공무원들의 무사안일주의, 행정 편의주의는 짚고 넘어가야 할 것이다. 그 당시 공무원들이 기간제 교사의 부당한 처사를 좌시하지 않고 개선하려는 의지를 보였다면 순직 처리가 그렇게 늦어지지는 않았을 것이다.

관료제를 지탱하는 법과 원칙

'관료제'라고 하면 법과 원칙만 내세우는 융통성 없는 조직을 떠올리기 쉽다. 관공서에 전화해 불편함을 토로하면 그 일은 이쪽 소관이 아니라느니, 규정상 어쩔 수 없다느니, 예산이 책정되어 있지 않다느니, 선례가 없다느니 하는 대답이 돌아오기 일쑤다. 그래서 공무원들은 행정 편의주의에 젖어 번거로운 일을 피하려 한다는 비난의 목소리가 끊이지 않는다.

공무원들이라고 해서 할 말이 없는 것은 아니다. 그들이 일하는 관공서는 특히 업무 분장이 확실하다. 자신의 부서 책임이 아닌 일에 대해서는 상사라고 해서 이래라저래라 지시할 수 없다. 관공서의 법과 원칙이 그렇기 때문이며, 바로 그 법과 원칙이 거대 조직을 꾸려 나가는 근간이 된다. 만일 어떤 공무원이 민원인의 딱한 사정을 봐주느라 규정을 폭넓게 해석해 재량권을 발휘한다면 어떻게 될까? 그랬다가는 그와 비슷한 사정에 처한 사람들의 민원이 끊이지 않을 것이며, 그 모든 민원을 받아들이다가는 해당 부서의 업무가 마비될 것이다. 무엇보다 그런 업무 처리를 한 공무원은 규정을 어겼다는 이유로 징계를 받을 것이다.

관료 사회에서 법과 규정을 강조하는 더 큰 이유는 부정부패를 막기 위한 것이다. 예를 들어 소방서 공무원이 소방 시설을 제대로 갖추지 못한 건축물에 대해 '소방시설 완공 검사필증'을 교부해 주는 경우가 있다. 이는 가족이나 친인척의 사정을 봐주느라 교부해 주는 경우도 있지만, 대부분은 건축물 주인의 뇌물에 넘어가서 그런 경우가 많다. 국세청 공무원이 어떤 업체로부터 뇌물을 받고 세금을 감면해 주는 경우도 비일비재하다. 요즘에는 고위 공무원이 자신의 직무 권한을 남용해서 민원인이나 부하 직원에게 부당한 일을 요구해 사회 문제로 떠오르기도 한다. 바로 이것을 '공무원 비리' 또는 '공무원 갑질'이라고 부른다.

관료들의 가장 중요한 덕목은 청렴함과 공정함이다. 청렴함과 공정함을 위해서는 무엇보다 법과 원칙을 준수해야 한다는 것을 우리 모두가 되새겨야 할 것이다.

사고력을 높이는 끝장 토론 💬

1. 학교에서 볼 수 있는 행정 편의주의의 사례를 이야기해 보자.

2. 공무원 성과급 제도에는 어떤 장단점이 있을까?

네차예프 사건을
담아낸 소설

《악령》은 1869년 네차예프 사건을 토대로 쓴 작품이다.

그 당시 유럽과 러시아에서 온갖 구설과 파란을 일으키던 세르게이 네차예프라는 젊은 혁명가가 있었다. 네차예프는 동료들을 모아 비밀 혁명 조직을 만들었는데, 어느 날 이바노프라는 조직원이 탈퇴를 선언하자 동료들과 함께 그를 죽인 뒤 연못 밑에 시체를 숨겼다. 그 후 네차예프는 망명을 했지만 결국 체포되어 옥사했다.

《악령》에서 네차예프는 표트르 베르호벤스키라는 인물로, 이바노프는 이반 샤토프로 등장한다. 도스토옙스키는 《악령》에서 이 사건을 다룸으로써 당시 급진적이고 폭력적이었던 청년들의 좌익 활동을 비판하는 한편, 그들이 매달렸던 무신론과 허무주의 사상이 결국 어떠한 비극을 초래하는지 보여 주었다.

정보의 홍수는 유익할까, 유해할까?

《파리의 노트르담》 빅토르 위고

어떤 고전일까?

《레 미제라블》이 빅토르 위고가 예순 살 나이에 쓴 원숙미 넘치는 작품이라면, 《파리의 노트르담》1831은 그가 청년 시절에 쓴 패기 넘치는 소설이다. 이 작품은 15세기 프랑스 지배 계층의 부패를 비판한 사회 소설인 한편, 사랑의 갈등을 그린 낭만주의 소설이다. 당시 건축과 역사에 대한 풍부한 지식을 얻을 수 있는 사료적 가치까지 지닌다.

《파리의 노트르담》은 집시 소녀 에스메랄다를 향한 종지기 카지모도의 순수한 사랑을 그리고 있다. 지배층의 위선과 군중의 편견 속에서 누명을 쓴 에스메랄다는 교수형을 선고받고, 카지모도는 그녀를 끝까지 지켜 내려 하지만 결국 비극적 결말을 맞이한다.

　《파리의 노트르담》은 남녀 간의 사랑과 갈등을 다룬 연애 소설이라 할 수 있지만, 그렇게만 알려지기에는 억울한 작품이다. 《레 미제라블》을 통해서도 짐작할 수 있지만 빅토르 위고는 소설가면서 뛰어난 역사학자라고 해도 틀리지 않다. 《레 미제라블》이 프랑스 혁명과 파리 하수도에 관한 역사적 지식을 담고 있다면, 《파리의 노트르담》은 중세 건축에 대한 작가의 애정과 깊은 식견을 담고 있으며, 15세기 프랑스의 사회 문화적 풍토가 상세하게 기술되어 있다.

　그래서 이 소설은 '나의 파리 문화 유산 답사기'처럼 읽히기도 한다. 파리 도처에 있는 건축물의 역사와 내부 구조에 대한 묘사가 소설 곳곳을 장식하고 있다. 물론 그 중심에는 노트르담 대성당이 자리하고 있다. 소설 속에서도 피력하듯이 위고에게 노트르담 대성당은 "하나의 세상이자 세상의 모든 것이었고 대자연"이었다. 소설을 읽어 보면 작가가 왜 그렇게 표현했는지 짐작할 수 있을 것이다.

건축물은 돌로 만든 책

《파리의 노트르담》은 노트르담 대성당의 웅장하고 음울한 분위기를 배경으로 이야기가 펼쳐진다. 소설을 읽다 보면 파리 건축물의 위엄과 숭고함에 절로 숙연한 기분이 들 것이다. 아울러 자신이 어느덧 노트르담 대성당을 마주해 서 있고, 그 안을 걷고 있는 듯한 착각에 빠질지도 모른다.

빅토르 위고는 건축물이란 건축가 개인이 아니라 사회가 만들어낸 예술 작품이라고 말했다. 다시 말해 개인의 역량과 상상력이 아니라 그 사회 민중의 삶과 정신이 오랜 세월에 걸쳐 쌓아 올린 퇴적물이 바로 건축물이라는 것이다. 그런 면에서 건축물은 민초의 삶이 그대로 반영된 '돌로 만든 책'이며, 수백 년에 걸쳐 민중이 힘을 모아 쓴 역사책이라고 표현하기도 했다.

노트르담 대성당은 1163년 공사를 시작해 13세기 중반에 일차적인 완공을 했고, 그 후에도 거의 100년간이나 부대 공사가 이어졌다. 그 사이 새로운 건축 공법과 기술이 등장했고, 그때마다 노트르담 대성당을 짓는 데 적용했다. 그러니 이 건축물이 로마네스크, 고딕, 르네상스 양식의 건축 역사를 모두 간직하고 있는 하나의 역사물이라는 게 위고의 통찰이다.

그런 위고에게 금속 활자 인쇄술로 책을 만들 수 있게 되었다는 소식은 가히 위협적이었다. 요즈음 전자책에 대한 종이책 애호가들의 경계심과는 비교할 수 없을 정도였다. 오랜 인내로 쌓아 올리는 건축물이야말로 한 권의 책이라는 위고의 철학을 무너뜨리는 소식이었던 것이다. 급기야 위고는 "인쇄 기술이 건축 기술을 파멸시킬 것"이라고 예언하기까지 했다.

인쇄술의 발달, 화려한 퇴보

과거의 인류는 건축물에 모든 것을 담았다. 인간의 기억력에는 한계가 있으니 후세에 전해야 할 정신적 유산을 모두 건축물에 담아 길이길이 간직하도록 했다. 유사 이래 15세기까지, 즉 인쇄술이 발달하기 전까지 인류는 당대의 사회, 문화, 종교 등 모든 것을 건축에 쏟아부었다. 피라미드, 만리장성, 노트르담 대성당 등 위대한 건축물은 모두 민중이 그 시대의 삶과 정신을 표현한 한 권의 책이었다. 그중에서도 노트르담 대성당은 성서 그 자체였다.

인쇄술이 본격적으로 등장하면서 사정은 바뀌었다. 돌로 한 권의 책을 만들기 위해서는 산더미 같은 돌과 나무, 수만 명의 인부, 그리고 오랜 시간이 필요했다. 길게는 수백 년의 시간이 필요하기도 했다. 활자를 만들어 종이에 인쇄하기만 하면 되는 인쇄술을 이길 수가 없었다. 중세 건축물 '덕후'인 위고로서는 인쇄술에 밀려나는 건축에 대한 안타까움을 감출 수가 없었다. 《파리의 노트르담》에서 그토록 파리 건축을 예찬한 것도 그러한 아쉬움 때문이었는지 모른다.

건축이 인쇄술에 책의 자리를 내주기 시작한 르네상스를 위고는 '화려한 퇴보'라고 불렀다. 인쇄술을 통해 매우 빠르게, 매우 많이 책을 만들어 내겠지만, 결과적으로는 인류의 퇴보로 이어진다는 것이다. 과연 인쇄술을 통한 책은 건축물과는 비교할 수 없을 만큼 적은 비용으로 짧은 시간 안에 엄청난 양이 제작되었고, 그 책들은 이 지역에서 저 지역으로 멀리멀리 전파되었다. 위고 시대에 나온 책만 쌓아도 이미 지구에서 달까지 닿을 정도였다.

위고는 우후죽순처럼 세상에 나오는 책을 바벨탑에 비유했다. 오랜 세월에 걸쳐 서서히 완성해 가는 건축물과는 달리 너무나 쉽고 빠르게 생산해 내는 책의 위험성을 경계한 것이다. 21세기에 와서 책의 바벨탑은 더욱 거대해졌다. 책을 넘어서 이제는 인터넷이라는 도구도 생겨났다. 지식과 정보를 생산하고 전달하는 속도, 그리고 그 양까지 15세기와는 비교도 되지 않을 정도다. 중세 시대에 노트르담 대성당이라는 돌로 된 책을 향유한 사람은 극소수였지만, 지금은 '정보 앞에서 만인이 평등'해졌다. 하지만 온갖 지식과 정보의 홍수 속에서 우리는 스스로 사유할 힘을 잃어 가고 있다. 가짜 정보와 가짜 뉴스라는 독버섯에 야금야금 희생당하고 있다. 어쩌면 위고는 이러한 오늘날의 병폐를 '화려한 퇴보'라고 우려했던 것인지도 모른다.

무분별한 정보의 홍수

지금은 지식과 정보의 홍수 시대다. 인터넷을 통해 앉은 자리에서 새로운 뉴스와 정보를 실시간으로 접할 수 있다. 서점이나 도서관에 가지 않고도 웹사이트에서 온갖 지식을 찾아볼 수 있다. 누구나 쉽게 지식과 정보를 접할 수 있을 뿐만 아니라 누구나 쉽게 자신의 지식과 정보, 의견을 대중에게 알릴 수 있다.

그렇다 보니 사실 여부를 알 수 없는 온갖 정보가 넘쳐난다. 온라인상의 익명성과 표현의 자유를 방패 삼아 선동적인 글을 뿌리고 다니는 사람도 많다. 특정 인물이나 업체를 비방하는 글, 사진, 동영상이 웹사이트 곳곳을 떠돌고 있다. 이러한 콘텐츠는 자극적인 요소가 많아 사람의 호기심을 끌어당긴다. 호기심에 이끌려 그 내용을 들여다보면 근거를 알 수 없는 뜬소문, 험담 등 흥미 위주의 이야기가 대부분이다. 흥미롭다 보니 저도 모르게 그 정보의 홍수에 빠져들어 몇 시간을 헤매기도 한다. 겨우 정신을 차려 빠져나와 보면 머릿속에 남아 있는 게 없다. 마치 텔레비전을 '바보 상자'라고 불렀던 것처럼 무분별한 정보가 우리를 바보로 만들어 가고 있다. 이렇게 스스로 사유할 힘이 약해지면 가짜 뉴스로 도배된 선동 글에 쉽게 휘말리며, 다른 사람들에게 직접 가짜 뉴스를 퍼뜨리는 악순환에 빠지기도 한다.

요즘에는 청소년도 저마다 스마트폰을 갖고 다니며 온종일 정보의 홍수에 노출되어 있다. SNS에 친구에 대한 비방 글이 올라오면 당사자의 속사정은 알지도 못하면서 너도나도 몰려들어 흥미 위주의 댓글을 달곤 한다. 이것이 학교 폭력 사안으로 발전하는 경우도 흔하다. 여러 명이 계획적으로 한 친구를 특정해 집요하게 괴롭히기도 한다. 온라인상의 이러한 집단 따돌림을 '사이버 불링Cyber Bullying'이라고 부른다. 온라인상의 소문은 매우 광범위하고 순식간에 확산되기 때문에 사이버 불링이나 악성 댓글의 희생자들은 심한 정서적 폭력에 시달린다. 게다가 소문의 출처를 찾기가 어려워 가해자를 특정해 처벌하기도 어렵다.

이러한 가짜 정보 또는 비방 글의 피해자가 나오지 않도록 하기 위해서는 어떻게 해야 할까? 가장 중요한 것은 우리 모두가 가짜 정보의 홍수에 휘말리지 말아야 한다는 것이다. 자극적으로 쏟아져 나오는 정보를 그대로 받아들이는 습관을 고쳐야 한다. 필요한 정보가 있다면 무조건 인터넷 검색창을 찾을 것이 아니라 어떤 매체를 통해야 가장 유용한 정보를 얻을 수 있는지 탐색해야 한다. 또 어떤 지식과 정보를 받아들이든 늘 비판적인 시각을 잃지 말아야 한다. 그렇게 해서 정말 가치 있는 정보를 찾아내는 능력을 '미디어 리터러시media literacy'라고 부른다.

사고력을 높이는 끝장 토론 💬

1. 정확한 내용이지만 뒤늦게 전달되는 뉴스와 신속하지만 부정확한 내용의 뉴스 중 어떤 뉴스를 선택하는 게 좋을까?

2. SNS의 긍정적 측면과 부정적 측면에 대해 이야기해 보자.

노트르담 대성당의
재건을 위해 쓴 소설

노트르담 대성당은 오늘날 파리 전체를 통틀어 가장 북적거리는 관광 명소가 되었다. 프랑스에서 가장 큰 성당도 아니고 가장 먼저 세운 성당도 아니지만, 노트르담 대성당이 이러한 위상을 얻은 것은 위대한 소설《파리의 노트르담》의 배경이기 때문일 것이다.

노트르담 대성당은 프랑스 혁명에서 활약한 나폴레옹의 황제 대관식[1804]이 열린 곳으로도 유명하다. 프랑스 혁명 이전까지 노트르담 대성당은 귀족 계층이 성직자 자리를 모두 차지하고 있었고, 귀족 문화와 권력층의 상징과 같은 건물로 인식되었다. 이에 반감을 품은 민중은 프랑스 혁명 당시 가장 먼저 대성당으로 달려가 건물 곳곳을 파손했다.

19세기 초반 노트르담 대성당은 철거하자는 여론이 나올 만큼 황폐한 모습으로 방치되어 있었다. 이때 나온 소설이 바로

《파리의 노트르담》이다. 빅토르 위고는 이 소설에서 상당한 분량을 할애해 노트르담 대성당이 얼마나 아름답고 소중한 유산인지 강조했다. 위고의 눈물겨운 노력 덕분에 여론은 반전되었고, 1845년 대성당 복원 공사를 시작해 거의 20년에 걸쳐 지어졌다.

위고가 《파리의 노트르담》을 집필한 것은 다름 아닌 대성당 재건을 위한 것이었다고 해도 과언이 아닐 것이다. 오늘날 우리가 감상하는 대성당의 모습은 거의 위고의 소설 덕분에 갖추어진 모습이다. 소설 제목을 아예 성당 이름으로 했는데 달리 무슨 말이 필요할까.

종신형이 사형보다 관대한 처벌일까?

〈내기〉 안톤 체호프

〈내기〉1889는 러시아 단편 소설의 대가 안톤 체호프Anton Chekhov, 1860~1904가 남긴 잘 알려지지 않은 걸작이다. 사형과 종신형의 정당성에 대해 흥미진진하고 심도 있게 탐구하고, 그 어느 쪽에도 손을 들어주지 않는 열린 결말로 마무리한다.

사형은 인류의 역사와 함께한 가장 오래된 형벌 제도다. 그런데 국가가 인간의 생명을 빼앗는다는 게 과연 정당한 일일까? 사형과 종신형 중에 어느 쪽이 더 인간적이고 관대한 처벌일까? 이에 대한 논쟁은 사형제가 생겨난 이래 계속되고 있다.

심지어 논쟁에 그치지 않고 몸소 체험하면서까지 누구의 주장이 옳은지 내기를 한 이들도 있다. 물론 이 황당한 내기는 현실 세계가 아니라 소설 속에서 벌어졌다. 안톤 체호프의 단편 소설 〈내기〉에 등장하는 은행가와 변호사가 그 내기의 장본인이다.

러시아를 대표하는 작가 체호프는 19세기에 활동을 했지만, 작품의 주제는 21세기인 오늘날의 상황에 비추어도 별로 이질감이 들지 않는다. 시대와 문화를 초월하는 인류의 보편적 논쟁거리를 소설 속에 담아냈기 때문일 것이다. 체호프는 그 논쟁에 대해 단정적인 결론을 내리기보다 독자들이 깊이 사유할 수 있도록 생각할 거리를 던져 준다.

19세기 러시아 문단에서는 글자 수에 비례해 원고료를 지급했는데, 그래서인지 도스토옙스키나 톨스토이의 소설처럼 엄청나게 긴 분량의 작품이 발표되곤 했다. 체호프는 재정 문제에 얽매이지 않았던 것일까? '양보다 질'을 선택하는 작가만의 자존심 때문이었을까? 장편보다 단편을 주로 쓴 체호프는 오늘날까지도 놀라운 풍자와 감동을 선사하는 작품을 많이 남겼다. 〈내기〉도 그러한 단편 소설 중 하나다.

인생을 건 내기

한 부유한 은행가가 파티를 열었다. 기자, 변호사, 학자 등 사회를 이끌어 가는 지식인층이 몰려들어 파티를 즐겼다. 이들은 사형과 종신형을 두고 어느 쪽이 더 윤리적인 처분인지 토론하기 시작했다. 은행가는 평생 고통에 시달리게 하는 종신형보다 차라리 사형이 더 관대한 처분이라고 주장했다. 반면 스물다섯 살의 전도유망한 변호사는 비록 고통을 겪더라도 죽는 것보다는 살아 있는 게 낫지 않겠느냐며 종신형에 손을 들었다.

둘 사이에 격렬한 토론이 벌어졌고, 거의 이성을 잃다시피 한 은행가가 내기를 하나 제안했다. 자신의 집 바깥채에서 감금 상태로 5년간 버텨 낸다면 200만 루블을 주겠다는 것이었다. 19세기 러시아에서 200만 루블은 지금의 40~50억 원에 달한다. 그 당시 모스크바 3대 미술관 중 하나인 푸시킨 미술관이 200만 루블의 기부금으로 지어졌다고 한다.

이런 거금을 건 내기의 조건은 감금 상태에서 오직 독서와 술, 담배만 허락하며 사람 대면도 안 된다는 것이었다. 패기만만한 변호사는 이 내기를 받아들일 뿐만 아니라 한술 더 떠서 5년이 아니라 15년간 감금되어 있겠다고 선언한다. 이로써 두 사람의 무모한 내기가 시작된다. 스스로 감금의 방으로 들어간 변호사는 고독과 무력감에 시달리며 한동안 술에 의지하다가 차츰 책과 철학을 친구 삼아 지낸다.

세월이 흘러 은행가는 돈에 쪼들리는 신세가 된다. 약속한 거금을 감당할 자신이 없었던 그는 결국 변호사를 살해하기로 결심하고 15년을 채우기 전날 밤 바깥채를 찾아간다. 그러나 그곳에 변호사는 없었고, 그 대신 쪽지 하나를 발견한다.

"이 세상에 존재하는 모든 행복과 지혜를 경멸한다."

변호사가 쪽지를 남기고 탈옥을 한 것이다. 그는 내기의 승리를 하루 앞둔 날 밤, 200만 루블을 차지할 수 있는 기회를 스스로 박탈한다.

　아무리 국가의 법이라지만 인간이 인간의 생명을 빼앗는 처벌이 과연 정당한 것일까? 〈내기〉가 사형 제도의 존폐에 대한 결론을 제시하지 못했듯이 이 질문은 영원히 미제로 남을 논쟁거리다. 첨예하게 대립하는 이 논쟁 가운데 분명한 사실 하나는 사형 제도가 인간이 시행하는 가장 잔혹한 형벌이라는 것이다. 그럼에도 도시화, 국제화 과정에서 범죄는 더욱 지능화되고 악랄해지며 끊임없이 발생하고 있다. 그런 현실을 돌이켜 보면 사형 제도가 과연 강력 범죄를 예방하는 기능을 제대로 수행하고 있느냐는 의문이 제기된다.

　잔혹한 범죄를 저지르는 동기가 주로 사회 계층 간 불평등에 있다는 점에서도 사형 제도에 대한 의문을 제기할 수 있다. 범죄자에게 사형을 구형하기 전에 사회 불평등과 부조리 문제를 해결하는 게 더 근본적인 해결책이 아닌가 하는 것이다. 그러고 보면 사형 제도는 기득권층 중심의 체제를 유지하는 데 득이 되는 측면도 있다. 범죄자들을 계도해 사회 구성원으로 살아가게 하기 위해서는 기득권층의 부패를 없애고 불평등을 해소하는 방향으로 체제 변화를 꾀해야 하기 때문이다.

　실제로 사형 제도를 체제 유지 수단으로 악용한 사례를 세계 역사 곳곳에서 찾아볼 수 있다. 이 경우 사형의 명목은 대부분 '사회 기강 확립'이다. 이러한 사형은 보여 주기 식으로 집행되는 경우가 많으며, 보여 주기 식일수록 더욱 잔혹한 방법으로 사형이 이루어진다. 오늘날 세계의 일부 지역과 문화권에서는 여전히 이런 명목의 사형이 공공연히 이루어지고 있다. 북한만 해도 독재자의 체제를 유지하기 위해 정적을 잔혹하게 처형한다.

우리나라에서는 법과 인권을 논하는 것이 무의미했던 일제 강점기 시절에 그런 사례가 많았다. 현대에 와서도 민주주의 국가를 표방하면서 군사 독재 정권을 유지하기 위해 언론인, 재야 인사 등을 간첩으로 몰아 1975년 사형에 처한 일이 있었다. 이를 '인민혁명당 사건'이라고 한다.

인간이 인간의 생명을 빼앗아서는 안 된다는 명제에 반대할 사람은 드물다. 그렇다고 해서 당장 사형 제도를 폐지할 수 있는 것은 아니지만, 문명 사회일수록 효수목을 베어 매달아 놓음와 같은 끔찍한 방법 대신 인권을 고려한 사형 집행이 이루어지고 있다. 물론 집행 방법이 달라졌다고 해서 인간이 인간의 생명을 빼앗는 부조리의 굴레에서 벗어날 수 있는 것은 아니다.

사회 안녕을 지키는 사형 제도

　유엔을 비롯한 국제 사회에서는 사형 제도에 대한 회의론이 점차적으로 대두되고 있다. 우리나라는 사형 제도가 유지되고 있지만 1997년 12월 이후로 20년 넘게 집행은 하지 않고 있다. 사실상 사형제 폐지국이라 할 수 있다. 국제 사회의 압력과 불이익을 의식해, 그리고 인권 존중을 위해 종신형을 택하자는 여론도 적지만은 않다.

　그러나 강력 사건이 터질 때마다 국민의 법 감정은 사형을 집행해야 한다는 쪽으로 향한다. 사회의 암적인 존재들을 평생 먹여 살리는 종신형에 소중한 세금을 낭비할 수 없다고 목소리를 높인다. 또 흉악범을 사형에 처해야만 사회의 안녕과 국가를 유지할 수 있다고 주장한다. 설령 판사가 실수로 잘못된 판결을 내리더라도 그런 폐해쯤은 감안해야 하며, 사형 제도를 통해 사회 안녕을 지키는 게 훨씬 더 중요하다는 것이다.

　사회 구성원의 안전을 지키는 것은 국가의 가장 기본적인 기능이다. 국민의 안전과 재산을 보호하기 위해서라도 사형 제도는 꼭 필요할지도 모른다. 국가가 사형제에 대한 경각심을 높이고 실제로 흉악범을 처형한다면 강력 범죄는 줄어들 것이다. 모든 사람은 자신의 생명을 소중히 여기며 죽음을 두려워하기 때문이다. 이런 면에서 사형제란 죽음에 대한 공포를 이용한 효과적인 범죄 억제 수단이라고 주장하기도 한다.

만일 강력 범죄의 피해자는 목숨을 잃고 그 가족까지 평생 고통 속에 사는데 정작 범죄자는 교도소에서 발 뻗고 지낸다면 이는 사회정의 실현이라는 대의에 위배된다. 미국에서는 피해자 측의 감정을 최대한 고려해 사형 집행 시 피해자 가족이 참관하는 것을 허용하기도 한다. 국가가 나서서 피해자의 억울함을 풀어 주지 않으면 국가의 존재 의미가 없다고 보는 것이다.

오늘날 우리나라 사법부는 반드시 법률에 근거해 증거 자료를 채택하는 법정증거주의를 고수하고 전원합의체를 적용하는 등 사형을 선고하기까지 모든 증거를 신중히 검토한다. 최대한 생명을 존중하고 사형 제도의 억울한 피해자가 나오지 않도록 하기 위한 방지책이다.

사고력을 높이는 끝장 토론 💬

1. 사형 집행자의 인권도 침해받는 것 아닐까?

2. 사형 집행은 관용과 용서를 가르치는 종교적 신념에 어긋나는 것일까?

안톤 체호프의
총 이론

19세기 장편 소설가들은 주요한 이야기 전개와 관련 없는 부분까지 장황히 묘사하는 경향이 있었다. 반면에 단편 소설과 희곡을 즐겨 쓴 체호프는 군더더기 같은 문장이나 불필요한 장치를 결코 끌어오는 법이 없었다. 체호프가 제시한 다음의 '총 이론'을 보자.

"이야기와 직접 상관이 없는 것들은 단호히 없앤다. 1장에서 총이 등장했다면 2장이나 3장에서는 총을 꼭 발사해야 하고, 발사하지 못했다면 과감히 없애 버린다."

체호프는 집필 초반에 인물이나 상황을 설정했다면 그 설정을 무의미하게 내버려 두는 법이 없었다. 등장인물이나 상황에 반드시 중요한 의미를 부여해 작품 속에서 살아 움직이도록 만들었다. 그래서 독자들은 그의 작품을 읽는 내내 한순간도 긴장감을 놓을 수 없다. 가볍게 스쳐 갔던 인물, 또는 사소하게 보였던 상황 설정이 나중에 가서 큰 복선으로 작용하는 경우가 많기 때문이다. 이는 체호프의 희곡을 바탕으로 연출한 연극을 감상할 때도 마찬가지다.

'체호프의 총 이론'은 오늘날의 영화나 드라마에서도 다양한 방식으로 응용되고 있다. 예를 들어 어떤 물건이나 인물이 클로즈업으로 나타나면 그것이 극 전개에 중요한 역할을 수행하리라는 걸 뜻한다.

2장

....

자연과 공존

간척 사업은
꼭 필요한 일일까?

《닐스의 신기한 여행》 셀마 라겔뢰프

어떤 고전일까?

《닐스의 신기한 여행》1906은 완역본이 3권으로 이루어진 긴 장편 동화다. 난쟁이가 된 소년 닐스가 거위 등에 올라타 스웨덴 곳곳을 날아다니며 겪는 신비롭고 환상적인 모험 이야기다. 애니메이션으로도 유명하며, 작가 셀마 라겔뢰프Selma Lagerlöf는 이 작품을 통해 1909년 여성 최초로 노벨 문학상을 받았다.

《닐스의 신기한 여행》에는 자연과 동물에 대한 작가 라겔뢰프의 깊은 관심과 사랑이 담겨 있다. 요정을 괴롭히다가 난쟁이가 된 주인공 닐스는 거위 등에 올라타 기러기 떼와 함께 여행하며 다양한 동물을 만난다. 다람쥐, 토끼, 딱따구리, 종달새를 만나 친구가 되고, 족제비와 수달, 여우, 담비를 만나 위협감을 느끼기도 한다. 동물 앞에서 두려워하는 닐스의 모습을 보며 독자들은 여행을 떠나기 전 동물들을 괴롭혔던 닐스와 동물의 입장을 바꿔서 생각해 보게 된다.

　조그만 동물들은 대부분 닐스를 도와주며 다정하게 지내는데, 이상하게도 다람쥐는 친구가 되자는 닐스의 손길을 거절한다. 알고 보니 동물들을 괴롭히며 놀았던 닐스의 과거 때문이었다. 닐스는 제비 집을 부수고, 새알을 꺼내 깨뜨리고, 새끼 까마귀를 패대기치고, 다람쥐를 통에 가둔 적도 있었다. 닐스는 자신의 잘못을 깨닫고 진심으로 뉘우치게 되며, 그런 닐스에게 다람쥐는 도토리와 함께 화해의 손길을 건넨다.

　긴 여행을 마치고 집으로 돌아온 닐스는 어느덧 착하고 배려심 있는 소년이 되어 부모 앞에 나타난다. 이 이야기를 통해 작가 라겔뢰프는 인간과 동물, 자연이 서로 도우며 어울려 살아가는 삶의 중요성을 일깨워 준다.

라겔뢰프는 동물과 아울러 자연 생태계에 관심이 많은 작가였고, 이 작품을 쓰기 위해 스웨덴의 자연 풍경을 꼼꼼히 관찰했다고 한다. 덕분에 독자들은 닐스와 함께 여행하는 동안 스웨덴 구석구석의 아름다운 자연을 만날 수 있다. 각 지역의 신비로운 민담과 전설도 전해 들을 수 있고, 주민들의 다양한 생활상도 생생하게 들여다볼 수 있다.

온갖 생물의 천국, 토케른 호수

《닐스의 신기한 여행》의 4장 '철옹성 글림밍게후스'에는 검정 쥐와 회색 쥐 이야기가 나온다. 검정 쥐들은 스코네 지방의 거의 모든 지하실과 곡식 창고에 붙박이처럼 붙어 살며, 인간에게 별다른 피해는 주지 않는다. 그런데 떠돌이 쥐인 회색 쥐들이 이 지역에 나타나면서 검정 쥐들이 살 곳을 잃고 사라지기 시작한다. 회색 쥐들은 검정 쥐들을 쫓아내고 거위와 암탉을 해치는 등 수천 가지 악행을 저지른다. 검정 쥐들은 마지막 남은 주거지인 글림밍게후스를 지키려고 고군분투한다.

현재 우리나라에도 회색 쥐 같은 동물들이 살고 있다. 황소개구리, 뉴트리아 40~60센티미터 길이의, 거대한 쥐처럼 생긴 포유류, 배스 육식 물고기 등이다. 모두 스코네 지방의 회색 쥐처럼 외래종이고, 우연히 우리나라에 들어와 차츰 서식지를 넓혀 가며 생태계를 파괴하고 있다.

19장 '커다란 새들의 호수'에는 토케른이라는 거대한 호수가 나온다. 비옥한 평야 한쪽에 넓게 펼쳐져 있는 토케른 호수를 보며 농부들은 욕심을 낸다. 호수를 땅으로 메우는 간척 사업을 하면 더 많은 농작물을 수확할 수 있으리라는 것이다. 하지만 토케른 호수에 자리한 갈대밭은 새들과 온갖 작은 생물의 천국이다. 호수를 없앤다면 마을 사람들은 농경지를 얻겠지만 새들은 천국을 잃고 떠나야 한다.

농부들은 간척 사업을 할지 말지 회의를 해서 결정하기로 한다. 그런데 회의를 앞두고 마을의 한 아이가 사라진다. 아이 엄마가 호수 주변을 헤매며 아이를 찾는다. 그때 호수에 사는 청둥오리들의 울음소리가 들린다. 엄마는 아이를 잃은 슬픔과 간척 사업으로 보금자리를 잃게 될 청둥오리들의 비극을 함께 떠올리며, 야생동물이 새끼를 낳고 키우는 보금자리를 빼앗아서는 안 된다는 생각을 하게 된다. 결국 아이 부모의 적극적인 반대와 설득으로 간척 사업은 무산되고, 부모는 아이를 되찾는다.

바다의 콩팥, 갯벌이 사라지면

토케른 호수의 마을 주민들이 간척 사업을 진행했다면 어땠을 까? 청둥오리들은 떠났겠지만 주민들 바람대로 넓어진 농토에 더 많은 농작물을 재배해 좀 더 풍족하게 살았을지 모른다.

간척 사업을 하는 이유는 바로 '좀 더 풍족한 삶'을 위한 것이다. 기름진 땅과 곡식이 부족했던 과거에 우리나라에서 간척 사업은 하늘에서 내려온 선물로 여겨졌다. 농토가 넓어지면서 동시에 국토까지 넓힐 수 있으니 다른 나라를 침략하지 않고도! 말이다. 새로 생긴 토지 자원을 싼 가격에 이용할 수 있고, 그 일대에 공항, 항만, 철도 등을 만들어 지역 교통을 개선할 수 있다는 이점도 있다.

하지만 간척 사업은 환경 문제와 관련해 늘 거론되는 문제 중 하나다. 갈수록 환경 문제가 심각해지고 있는 지금, 간첩 사업에 대한 찬반 논쟁과 갈등은 더 치열해지고 있다. 바다나 강이 있던 자리를 갑자기 땅으로 메워 버리면 어떤 문제가 생길까? 그곳에 살던 생물들이 삶의 터전을 잃어버리는 것에서 그치는 게 아니라 그 지역 일대의 생태계가 파괴된다.

간척 사업을 하면 우선 갯벌이 사라진다. 갯벌에는 민들조개, 떡조개, 꼬막, 대하, 굴, 소라, 우렁이, 보리새우 등 다양한 종류의 생물이 살아간다. 이 생물들은 지렁이처럼 자정 능력이 뛰어나다. 그래서 이들이 살아가는 갯벌을 '바다의 콩팥'이라고 부르기도 한다. 간척 사업으로 바다의 콩팥이 사라지면 어떤 일이 일어날까? 우선 바다가 오염되고, 바닷속 생물들이 병들어 간다. 오염된 바닷물은 증발해서 나중에 더러운 비가 되어 땅으로 떨어지고, 결국 우리는 더더욱 오염된 물을 마시게 된다. 아울러 물 없이는 생존할 수 없는 세상의 모든 생물이 점점 더 건강을 위협받고, 결국 생태계가 파괴되어 온 지구가 몸살을 앓게 될 것이다.

그렇다면 갯벌을 되살리면 이러한 문제를 해결할 수 있지 않을까? 문제는 갯벌을 되살리는 데 최소 4,500년에서 최대 2만 년의 기간이 필요하다는 것이다. 우리나라가 반만년, 즉 5,000년의 역사를 자랑하는 나라라는 사실을 떠올리면 4,500년에서 2만 년이 얼마나 긴 세월인지 짐작할 수 있을 것이다.

생계 터전을 잃어버린 사람들

우리나라의 간척 사업은 주로 식량이 부족했던 시절에 계획되기 시작했다. 땅을 넓혀서 좀 더 많은 농사를 짓고, 항만이나 철도, 관광 단지 등을 조성해 경제 발전을 도모하자는 목적이었다. 과거에는 이러한 사업을 시행할 때 정작 가장 큰 영향을 받는 지역 주민의 의견을 묻고 참고하는 절차가 없었다. 지역 주민들에게는 간척 사업의 이점만 내세우며 이미 결정된 정책을 발표할 뿐이었다.

간척 사업의 현실을 겪어 보지 않은 주민들도 나라의 정책에 반기를 들 생각을 하지 못했다. 바다와 갯벌을 생계 터전으로 삼아 온 어민들조차 일시적인 보상금을 손에 쥐고 물러나야 했다. 사실 어민들의 보상금이란 제대로 책정하기가 어려운 금액이었다. 특히 갯벌로 나가 특별한 장비도 없이 해산물을 채취하는 일에 대한 보상금은 더더욱 애매했다. 아무리 특별한 기술이 필요 없는 일이라지만, 개인의 능력에 따라 채취량은 상당한 차이가 나게 마련이다. 그러나 보상금액에 이러한 차이는 무시되었고, 한 집당 두 명까지만 보상해 주기도 했다. 실제로는 다섯 명의 가족이 함께 갯벌에 나가 일했다고 해도 말이다.

일시적인 보상금이었지만 어민들은 이를 밑천 삼아 새로운 일을 찾을 수 있으리라 기대했다. 그러나 한평생 바다에서 나고 자란 그들이 새로운 생계 터전을 찾기란 매우 어려운 일이었다. 갯벌에서 맨손으로 일하는 사람들이 주로 나이 많은 여성이었다는 것도 문제였다. 나이 많은 여성들은 주변의 농사 일을 거들려고 해도 하루 품삯의 몫을 해내지 못한다는 이유로 거부당하기 일쑤였다.

바다 주변에서 민박이나 식당을 운영하던 사람들도 생계를 잃기는 마찬가지였다. 갯벌이 사라지고 바다가 오염되면서 관광객이 찾아오지 않으니 민박이나 식당에도 손님의 발길이 끊긴 것이다.

그런 피해를 호소하는 사람들에게 정부는 간척 사업 이후에 더욱 활성화될 경제 지구를 내세울지 모른다. 안타깝게도 그동안의 비슷한 사례를 살펴보면 개발의 혜택은 그곳을 터전으로 삼았던 지역민들보다 외지의 자본가에게 돌아간 경우가 많았다.

사고력을 높이는 끝장 토론 💬

1. 간척 사업으로 이익을 누리는 사람과 피해를 호소하는 사람들의 사례를 찾아보자.

2. 남북통일이 된다면 비무장 지대를 관광지로 개발하는 것이 좋을까?

아름다운 자연까지 담은
스웨덴 역사책이자 지리책

《닐스의 신기한 여행》은 '스웨덴에 대해 어린이들이 쉽게 이해할 수 있는 책'을 써 달라는 교육부의 의뢰를 받고 집필한 장편 동화다. 스웨덴의 아름다운 자연과 문화, 역사, 지리 등 기본적인 정보에 더해 각 지역에 숨은 이야기까지 넣다 보니 어린이 책치고는 그 분량이 상당하다.

물론 어린이들만을 위한 책은 아니며 '아동 문학'으로만 알려지기에는 아쉬운 작품이다. 스웨덴 곳곳의 아름다움과 신비로움에 빠져들고 싶은 독자라면 가장 먼저 펼쳐 보아야 할 책으로 추천할 만하다.

작가 셀마 라겔뢰프는 스웨덴의 아름다운 자연과 문화, 역사를 작품에 담기 위해 스웨덴 각지를 여행하며 자료 조사를 했다. 이를 통해 현지 주민들의 생생한 증언이 더해진 역사와 민담, 설화를 책 속에 담아냈다. 또한 자신이 두 발로 걸으며 경험한 스웨덴 구석구석의 멋진 숲과 호수, 길, 동식물의 생태를 호기심 많은 닐스의 시각을 통해 전해 준다. 마치 흥미진진한 지리책이나 역사책을 읽는 듯한 느낌이 들기도 한다.

거위 등을 타고 하늘에서 세상을 내려다보며 여행하는 이야기 설정은 북유럽 민담과 신화에서 영감을 얻은 것이라고 한다. 북유럽 신화의 동화적인 요소와 교육적인 요소가 더해져서 아이들과 성인 모두 흥미롭게 읽을 수 있는 작품이다.

유기동물 안락사는 정당한 일일까?

《섬》장 그르니에

《섬》1933은 프랑스의 탁월한 수필가이자 철학자인 장 그르니에Jean Grenier, 1898~1971가 쓴 여덟 편의 산문을 모아 엮은 책이다. 일상의 풍경과 이야기를 고요히 바라보며 사색하는 작가의 성찰이 간결하고 아름다운 문장에 스며들어 있다. 미학자이기도 한 작가는 수많은 산문집과 미술서를 통해 담담하고 관조적인 어조로 자신의 철학을 들려준다.

프랑스의 철학자이자 수필가인 장 그르니에의 산문집 《섬》은 그 내용보다는 알베르 카뮈가 쓴 서문 겸 추천사가 더 유명하다. 그 몇몇 문장을 먼저 살펴보자.

내가 이 책으로 받은 자극, 이 책이 나와 내 친구들에게 준 영향은 오로지 지드의 《지상의 양식》이 한 세대에 준 영향 말고는 비교할 만한 것이 없을 것이다.

거리에서 이 작은 책을 펼쳐 본 후 겨우 첫 몇 구절을 읽다 말고 다시 접어 가슴에 품은 채 결국 혼자 있는 곳에서 미친듯이 읽고 싶어서 한 걸음에 내 방으로 뛰어갔던 그날 저녁으로 돌아갔으면 좋겠다.

오늘에서야 《섬》을 처음으로 읽게 되는 저 얼굴 모르는 젊은이를 열렬한 마음으로 부러워한다.

이보다 더 독자를 끌어당기고 설레게 하는 추천사도 있을까? 그런데 카뮈의 아름다운 서문에 이끌려 《섬》을 막상 읽기 시작하면 그 난해함에 당황하기 일쑤다. 그래도 얇은 책이니 끝까지 읽어야지 하고 한 문장 한 문장 뜯어보다가 마침내 책을 덮어 버린 독자도 많을 것이다. 이 책을 보면 장 그르니에가 프랑스 철학 교사 자격을 취득한 철학자였다는 사실이 자연스럽게 떠오른다. 같은 프랑스인인 카뮈는 깊은 감동을 받았을지 모르지만, 평범한 한국인 독자로서는 그 감동을 공유하기가 쉽지 않다. 급기야 《섬》은 "카뮈의 서문만 읽고 덮게 되는 책"이라는 오명까지 얻게 되었다.

사랑하는 반려묘를 안락사시키다

《섬》에 실린 여덟 편의 산문 가운데 우리나라 독자들이 가장 좋아하는 글은 〈고양이 물루〉다. 대표적인 반려동물인 고양이가 주인공인 데다 물루라는 이름도 매력적이다. 일본 작가 나쓰메 소세키의 장편 소설 《나는 고양이로소이다》가 고양이의 시선으로 본 인간의 생활을 가장 잘 묘사했다면, 〈고양이 물루〉는 사람의 시선으로 본 고양이의 생활을 가장 잘 묘사했다고 할 수 있다. 〈고양이 물루〉는 그르니에가 고양이를 데려와 기르고 자신의 손으로 묻어 줄 때까지 함께 지낸

추억과 관찰담을 적은 글이다.

그르니에는 고양이 물루를 지극 정성으로 돌본다. 독서를 방해하는 물루의 몸짓도 애교로 넘긴다. 물루가 하루이틀 가출이라도 하면 안절부절못하며, 고양이에 대해서라면 하고 싶은 말이 늘 너무나 많았다. 고양이와 인간의 아름다운 우정이라기보다 고양이를 향한 작가의 일방적인 구애처럼 보일 지경이다. 여기까지는 누구나 공감할 수 있는 아름다운 내용이다.

어느 날 문제가 발생한다. 그르니에가 이사를 가야 하는데 마침 가출을 했던 물루가 다리와 눈을 다친 채 돌아온다. 이사를 하려면 중간에 여러 번 숙박을 해야 하는 상황이라 물루를 동반하기가 어려운 상황이다. 반려동물을 키우는 사람이라면 누구나 떠올리는 해결책은 이웃이나 지인에게 잠시 맡기는 것일 테지만, 불행하게도 그르니에의 주변에는 믿고 맡길 만한 사람도 없었다.

고민하던 그는 물루를 안락사시키기로 결심한다. 그냥 버려 두었다간 주변의 적들에게 괴롭힘당하며 처참한 죽음을 맞을 수도 있었다. 물루가 자주 상처를 입고 들어오는 것으로 보아 동네에 적이 많은 것이 분명했다. 사랑하는 반려묘가 괴롭고 힘든 생을 살아가는 것은 그르니에에게 생각만으로도 괴로운 일이었다.

안락사시키기로 한 날 그르니에는 마치 사형수에게 마지막 만찬을 선사하듯 물루에게 맛있는 음식을 배불리 먹인다. 그런 다음 수의

사를 찾아가 물루를 안락사시키고 정원에 묻는다. 평소에 생활했던 집의 정원에 묻혔으니 좁은 장소에 한꺼번에 매장되는 고양이들보다 더 행복할 것이라고 그르니에는 생각한다. 아울러 좁은 공동묘지에 묻힌 인간들보다 행복할 것이며, 마치 자신의 영지에 묻힌 로마 부자들만큼 행복할 것이라고 생각한다.

비윤리적인 동물 안락사

장 그르니에는 물루를 몹시 아끼고 사랑한다는 이유로 안락사를 선택했다. 물루는 인간의 결정에 따라 죽음을 맞이했다는 면에서 오늘날 유기동물 보호소의 개들과 같은 처지다. 주인을 잃고 떠돌던 개들이 보호소에 오면 10일 정도의 기간 동안 공고를 내서 주인을 찾는다. 만일 그 기간에 주인이 나타나지 않으면 새로운 입양자를 찾는다는 공고를 낸다. 그러나 새로운 입양자는 쉽게 나타나지 않으며, 결국 많은 유기견들이 안락사의 운명에 처해진다. 보호소 측에서도 한정된 비용과 거주 공간 문제로 유기견들을 언제까지나 돌볼 수는 없기 때문이다.

이러한 현실에 대해 '동물의 운명을 인간의 가치관에 따라 결정해도 되는가?'라는 비판이 일고 있다. 유기동물 안락사는 동물의 권리와 복지를 무시한 채 인간의 편의만을 고려한 비윤리적인 행위라는 것이다. 그래서 유기동물이 늘어나지 않도록 하는 좀 더 적극적인 정책이 필요하다는 목소리가 끊이지 않는다. 반려동물 복지에 대한 인식이 높은 독일에서는 '노킬no-kill' 정책을 시행한다. 의료적 처치로 도저히 살리기 어려운 동물만 안락사를 허용한다는 것이다. 설령 치료할 수 없는 병에 걸린 동물이라도 안락사 문제에서는 찬반론이 따른다. 동물도 생명권이 있으니 인위적인 처치는 정당하지 못하다는 주장과 동물이 고통 없이 생을 마감하도록 도와줘야 한다는 주장이 팽팽하다.

〈고양이 물루〉에 나오는 수의사는 12프랑을 받고 개나 고양이를 안락사시키면서도 동물의 생명을 자기 손으로 단축시켰다는 죄책감을 느낀다. 실제로 2016년 대만의 한 수의사는 유기견을 안락사시킨 일에 대한 죄책감으로 안락사시킬 때 사용한 약품을 이용해 자살하기도 했다.

동물 안락사는 이렇게 극단적인 사례까지 낳을 만큼 우리에게 가까이 다가온 문제다. 안락사를 줄이기 위해서는 유기동물이 최대한 생겨나지 않도록 노력해야 한다. 그 대표적인 방법으로 동물 등록제를 시행하는 한편 중성화 수술을 권하기도 한다. 그러나 중성화 수술도 비윤리적인 행위라며 반대하는 사람이 많으며, 이 문제 역시 안락사만큼이나 찬반 논란이 끊이지 않는다.

동물이 안락사에 처해지지 않도록 하기 위해서는 자신의 가족으로 받아들인 동물과 평생을 함께하려는 마음이 중요하다. 아울러 동물과 함께하는 사람이라면 꼭 기억해야 할 것이 있다. 동물에게 행복을 주고 싶다면 무엇보다 타고난 본성을 존중해 줘야 한다는 것이다. 예를 들어 고급 아파트에 살면서 아침이면 가방 메고 '강아지 유치원'에 가야 하는 강아지와 시골에 살면서 자유롭게 뛰어노는 강아지 중에 어느 쪽이 더 행복할까?

이충렬 감독의 다큐멘터리 영화 〈워낭 소리〉에 등장하는 노인은 소 한 마리를 수십 년 동안 기르며 일을 시키지만 소에게 먹일 풀에는 절대 농약을 치지 않았다. 밥때가 되면 소에게 여물을 주고서야 노인도 식사를 했고, 소가 늙어 목숨을 다할 때까지 곁에서 지켜봐 주었다. 평생 밭을 갈아야 했던 소의 운명을 가엽게 여길 수도 있을 것이다. 하지만 인간에게 베푼 만큼 소도 마지막 순간까지 사랑을 받았다는 면에서 그 어떤 반려동물보다 인간과 깊은 교감을 나누지 않았을까?

〈워낭 소리〉의 소에 비하면 공장과 같은 사육장에서 살아가는 소들은 얼마나 불행할까? 그 소들은 평생 일은 하지 않고 좁은 공간에 갇혀 지내며 먹고 자기만 한다. 그 소들의 임무는 부지런히 살을 찌워서 농장 주인에게 돈을 벌어다 줄 몸을 제공하는 것이다. 만일 브

루셀라병 같은 감염병에 걸리기라도 하면 가차없이 살처분에 처해진다. 여기서 동물의 본성을 존중한 배려란 손톱만큼도 찾아보기 어렵다. 오로지 생산성과 효율성이라는 인간의 편의와 욕심에 따라서 동물 농장을 공장처럼 운영하는 것이다.

그런 곳에서 길러 낸 소나 돼지 고기가 우리 주변의 마트나 정육점에 나와 있으며, 우리는 별 생각 없이 그런 고기를 사 먹는다. 동물 애호가들은 동물 학대에 대한 반대의 표시로 채식을 하기도 한다. 그들은 반려동물을 기르는 사람들에게 어떻게 육식을 할 수 있느냐고 비난하기도 한다. 만일 그런 비난을 받는다면 '나'는 뭐라고 대답할까?

사고력을 높이는 끝장 토론

1. 반려동물의 중성화 수술은 동물 복지에 반하는 것일까?

2. 반려동물을 키울 수 있는 자격에 제한을 두는 제도는 바람직할까?

스승 장 그르니에와
제자 알베르 카뮈의 우정

장 그르니에는 한때 프랑스 식민지였던 알제리의 빈민가 학교에서 철학 교사로 근무했다. 그 당시 몸이 아파 결석하는 학생을 찾아가게 됐는데, 학생은 폐결핵과 무릎 통증 때문에 축구 선수의 꿈을 포기한 채 실의에 빠진 상태였다. 그르니에는 이 제자가 글쓰기에 재능이 있다는 것을 알고 글을 쓸 것을 권했고, 제자는 스승의 조언에 따라 축구에서 문학으로 마음을 돌렸다. 프랑스를 대표하는 두 지성, 장 그르니에와 알베르 카뮈의 우정은 이렇게 시작되었다.

두 사람이 언제나 뜻을 함께한 것은 아니다. 카뮈는 젊은이라면 반드시 거쳐야 할 길이라고 여겼던 공산당 활동을 했고, 그르니에는 작가는 정치 활동을 하면 안 된다며 제자를 설득했다. 의견 충돌이나 또 다른 문제로 서로 소원해지기도 했지만 둘의 우정은 지속되었다.

1957년 카뮈가 노벨 문학상을 받은 이후에는 스승과 제자라기보다 문학적 동지가 되었다. 1959년 그르니에가 《섬》에 대한 추천사를 부탁하자 카뮈는 흔쾌히 수락했다. 이 추천사는 카뮈가 그르니에에게 바친 마지막 선물이 되었고, 그들의 관계가 예속이나 복종이 아니라 평등한 대화의 관계였음을 증명하는 글로 남았다.

동물 복지는
왜 필요할까?

《종의 기원》 찰스 다윈

찰스 다윈Charles Darwin, 1809~1882은 '생물 다양성은 어떻게 나타나는가?'라는 질문에 '진화의 결과물'이라고 대답했다. 생물이 진화한다는 주장을 밝히기 위한 증거와 사고 과정을 제시한 책이 바로 《종의 기원》1859이다. 이 책은 진화론을 주장한 최초이자 유일한 저서로, 출간 이후 생물학은 큰 발전을 이루게 되었다.

기원전 300년 전에 생을 마감한 아리스토텔레스의 저서 《수사학》에는 설득의 3대 요소가 소개된다. 그것은 에토스_{말하는 사람의 인격적인 면모}, 파토스_{친밀감을 느끼게 만들어 주는 노력}, 로고스_{설득의 논리를 뒷받침해 주는 증거나 자료}로, 21세기인 지금까지도 이보다 더 명확히 짚어 낸 설득의 기술은 없다고 평가받는다. 또 조지 오웰이 1940년대에 쓴 소설 《동물 농장》이나 《1984》는 마치 미래를 예견한 듯 지금의 세태에 꼭 들어맞는 풍자가 담겨 있어 오늘날까지도 독자를 놀라게 한다.

고전 작품은 이토록 오랜 세월이 지나도 그 가치를 빛내며 독자들의 관심을 받는다. 그런데 유독 과학 서적은 그러한 고전의 대열에 끼기가 힘든 편이다. 과학이 빠르게 발전함에 따라 불과 수년 전에 최첨단으로 알려졌던 과학 지식이 지금은 낡은 지식으로 전락하는 경우가 많기 때문이다. 예를 들어 루이 14세가 통치했던 프랑스의 17세기에는 목욕을 하지 않는 게 건강에 이롭다는 것이 새로운 과학 지식이었다. 오늘날에 와서 그러한 내용을 읽고 무릎을 탁 치며 감동하는 독자는 없을 것이다.

거의 예외적으로 찰스 다윈의 《종의 기원》만큼은 오늘날까지도 많은 독자가 찾는 과학 고전이며, 그 어떤 고전 작품보다 큰 성찰의 기회를 안겨 준다.

동물 감염병을 예견한 다윈

《종의 기원》이 세상에 나오기 전, 사람들은 신이 세상의 모든 자연물을 만들어 냈다는 창조론을 믿었다. 다윈은 이러한 믿음에 반기를 들기 위해서, 그리고 자신의 이론에 대한 공격에 대비하기 위해서 진화론을 설명하는 사례 등 수많은 증거를 모으고 꼼꼼히 기록했다.

《종의 기원》은 500쪽에 달하는 만큼 우리에게는 방대한 내용의 책이지만, 다윈 입장에서는 사실 급하게 출간한 요약본이다. 1856년 진화론에 대한 확신을 갖고 그간 모은 자료를 바탕으로 집필을 하고 있던 다윈에게 날벼락이 떨어졌다. 말레이제도에서 생물학을 연구하던 앨프리드 월리스라는 학자가 다윈에게 논문을 보내 왔는데, 그 내용이 다윈이 생각하는 진화론의 요지와 거의 같았던 것이다. 게다가 월리스는 그 논문을 책으로 내 달라는 부탁까지 했다. 만일 월리스의 책이 먼저 나온다면 진화론을 공식적으로 주창한 최초의 학자라는 명예가 그에게 돌아갈 판이었다.

다급해진 다윈은 부랴부랴 원고를 정리하기 시작했다. 애초에 책에 넣으려고 했던 방대한 내용을 대폭 줄이고 요약본을 출간할 수밖에 없었다. 이 책이 바로 "한 사람에 의해서 쓰인 가장 위대한 책"이라고 칭송받는 《종의 기원》이다.

다윈의 바람대로 이 책은 현대 과학의 기초가 되었다. 《종의 기원》을 부정하는 현대 과학은 존재할 수 없으며, 이 책은 과학뿐만 아니라 인문학과 예술 분야에까지 영향을 주었다.

《종의 기원》 3장에는 이런 구절이 있다.

매우 유리한 환경 조건 때문에 한 종의 개체 수가 좁은 장소에서 지나치게 증가할 경우 사냥을 위해 기르는 동물에게 유행병이 나타나기 쉬운데 이런 유행병은 종종 연달아 발생하기도 한다.

다윈은 현대 사회를 어지럽히는 조류 인플루엔자나 구제역과 같은 동물 감염병 문제에 대해 160년 전에 이미 경고한 셈이다. 이것만으로도 《종의 기원》이 오웰의 《동물 농장》만큼이나 현대 사회를 정확히 예견했다는 증거가 된다.

밀집형 사육 시설에 갇힌 동물들

오늘날 동물 감염병이 유행하는 것은 다윈의 말대로 "한 종의 개체 수가 좁은 장소에서 지나치게 증가"했기 때문이다. 바로 '밀집형 사육 시설'에서 자라는 동물들을 뜻한다.

19세기 이후 전 세계 인구는 폭발적으로 증가했고, 그만큼 육류의 수요도 크게 늘어났다. 그 수요를 맞추려다 보니 예전처럼 동물을 방목해서 기를 수 없게 되었다. 좀 더 적은 비용과 시간, 노동력을 들여 많은 동물을 길러 내기 위해 밀집형 사육 시설을 개발하게 되었다.

밀집형 사육 시설에서 자라는 닭, 오리, 돼지 등의 동물들은 움직임을 크게 제한받는다. 닭들은 인간의 아파트와도 같이 층층이 쌓인 닭장에 갇혀 지내는데, 닭 한 마리에게 배정된 면적은 겨우 A4 용지 한 장 정도다. 이 닭들은 평생 햇볕을 쬐지도 못하고 힘차게 날갯짓을 하지도 못한다. 닭은 원래 나뭇가지 같은 높은 곳에 올라가거나 흙에다 몸을 부비는 '흙 목욕'을 좋아하는데, 밀집형 사육 시설의 닭들은 그런 습성을 발현하기도 애초에 불가능하다.

그 닭들은 친환경적인 공간에서 자라는 닭에 비해 사료는 3분의 1만 먹으면서 성장은 세 배나 빨리 한다. 알도 거의 30배 이상 많이 낳을 수 있다. 이러한 경제성과 효율성 때문에 밀집형 사육 시설을 포기하기가 어려운 것이다.

돼지들 역시 빽빽한 사육 시설에서 겨우 6개월 동안 살다가 나와 인간들의 식탁에 놓인다. 농림식품부가 발표한 사육 시설 규정에 따르면 3.3제곱미터당 돼지를 세 마리까지만 기를 수 있다. 실제로는 3.3제곱미터 공간에 열 마리씩 가둬 기르는 농장이 많다. 몸을 움직일 수 있는 공간이 적다 보니 돼지들은 온종일 힘없이 앉아 있거나 누워서 지낸다. 돼지들은 여기저기 쏘다니며 땅을 파헤치고 먹이를 찾는 습성이 있으며, 추울 때는 동료를 찾아가 몸을 비비고 더울 때는 서로 떨어져 체온을 조절하려고 한다. 그런 습성과 본능을 억눌린 채 살아가다 보니 스트레스에 시달리게 되고, 맑은 공기와 햇빛 등 자연의 혜택을 받지 못하다 보니 병에 걸리기도 쉽다.

돼지의 수명은 원래 10~15년 정도지만, 밀집형 사육 시설의 돼지들은 6개월 안에 부지런이 살을 찌워야 한다. 아니면 5~6개월마다 한 차례씩 새끼 낳는 일을 반복하다가 3~4년 뒤 소임을 다하면 도축장으로 끌려간다. 심지어 그 짧은 생도 다 살지 못한 채 감염병에 걸려 살처분에 처해지는 돼지들이 많다. 물론 이는 돼지들만이 아니라 밀집형 사육 시설에 갇힌 모든 동물의 운명이다.

다행히 정부 시책에 따라 동물 복지를 실천하는 친환경 농장들이 하나둘 생겨나고 있다. 친환경 양계장을 운영하는 한 농장주는 닭들에게 넓은 마당을 만들어 주고 흙 목욕을 하게 했더니 진드기가 자연스럽게 사라졌다고 한다. 조류 인플루엔자로 전국의 양계장에서

30퍼센트 이상의 산란계를 살처분했을 때도 친환경 양계장의 산란계는 1퍼센트 정도만 살처분했다고 한다.

친환경 동물 농장을 운영하기 위해서는 많은 비용과 노동력이 필요하다. 우리나라에서 정부로부터 '동물 복지 인증'을 받은 친환경 농장주는 전체 동물 농장주의 10퍼센트도 안 된다. 동물 감염병이 연례 행사처럼 발생하며 인간의 생명까지 위협하고 있는 지금, 동물 복지를 위한 지원과 실천은 더욱 적극적으로 이루어져야 할 것이다.

신음하는 동물, 신음하는 인간

밀집형 동물 사육은 동물뿐만 아니라 인간에게도 여러 면에서 악영향을 미친다. 우선 동물들이 열악한 환경을 견뎌 내고 빠르게 성장하도록 만드는 항생제와 성장 호르몬, 살충제 등이 문제다. 특히 항생제를 남용할 경우 나중에는 어떤 항생제를 투여해도 살아남는 내성균이 생겨나게 된다. 동물의 내성균은 사육 시설의 폐수나 분뇨를 통해, 또는 인간의 밥상에 올라오는 고기를 통해 결국은 자연과 인간의 건강을 위협하게 된다.

동물의 분뇨에서 뿜어져 나오는 메탄가스도 큰 문제다. 메탄가스는 온실가스의 하나로 지구온난화를 일으켜 자연 환경을 무너뜨리는 데 일조한다. 심지어 동물들의 방귀에서 나오는 메탄가스의 양도 무시할 수 없는 수준이다. 몇몇 나라에서는 '방귀세'를 부가할 정도다. 동물들의 분뇨가 주변의 저수지로 흘러들거나 지하수로 스며들어 물을 오염시키기도 한다. 이 물이 정화되지 않은 채 바다로 흘러가면 심각한 환경 오염 문제를 일으키게 된다.

열악한 동물 농장의 노동자와 살처분에 동원되었던 인력들은 육체적 고통뿐만 아니라 정신적 고통까지 호소한다. 특히 '대량 살육'을 자신의 두 손으로 실행했던 사람들 중에 일시적인 죄책감을 넘어 깊은 트라우마에 시달리는 경우도 있다. 더욱 큰 문제는 해가 갈수록 살처분되는 가축의 수가 늘고 있다는 것이다. 이는 약물 남용의 영향이 크다고 할 수 있다. 동물의 건강을 위해 사용하는 약물이 면역력을 떨어뜨려 오히려 허약한 동물이 점점 더 늘어나는 악순환이 일어나고 있는 것이다.

이 모든 문제는 동물의 권리와 복지를 무시한 채 인간의 편의만을 앞세운 결과 생겨난 것들이다. 사실 동물 복지란 어려운 일이 아니다. 동물에게 필요 이상의 고통을 가하지 않고 타고난 습성대로 살아가도록 해 주는 것이다. 인간이 만물의 영장인 것은 동물을 마음대로 다룰 수 있어서가 아니라 동물과 도움을 주고받으며 함께 어울려 살아갈 수 있는 능력 때문이 아닐까?

한편, 다윈이 상상이나 했는지 모르지만 요즘에는 동물뿐만 아니라 사람들도 경제성을 내세워 밀집형 사무실에서 일하는 경우가 많다. 대표적인 사례가 콜센터 상담사들이다. 그들은 환기도 잘 안 되는 공간에 수십 명이 촘촘히 늘어앉아 자리도 거의 뜨지 못한 채 일한다. 이런 사무실은 코로나19와 같은 감염병에 가장 취약한 환경으로, 실제로 콜센터 상담사 중에 확진자가 여러 명 나오기도 했다.

사고력을 높이는 끝장 토론 💬

1. 동물이 행복해야 인간도 행복할까?

2. 동물 복지 인증을 받은 비싼 축산물만 판매하면 많은 사람이 고기를 사 먹기 힘들 것이다. 그렇더라도 동물 복지는 꼭 필요할까?

한 권의 책을 위한
30년간의 준비

찰스 다윈은 '비글호'라는 영국 해군 측량선을 타고 다니며 진화론을 밝히기 위한 탐구를 했다. 비글호에 승선한 기간은 20대 초중반인 1831~1836년이었고, 50세가 된 1859년에 《종의 기원》을 출간했다. 비글호에서 내리고 나서도 무려 20년 동안 자료를 검토하고 정리했으니, 비글호 승선으로부터 《종의 기원》 탄생에 이르기까지 거의 30년이 걸린 셈이다.

다윈이 이토록 오랫동안 심혈을 기울인 것은 자신의 이론이 불러올 파장이 엄청나다는 것을 알았기 때문이다. 창조론을 절대 진리로 믿었던 당시 사람들에게 다윈의 진화론은 '천지개벽'과 맞서는 것이나 다름없었다.

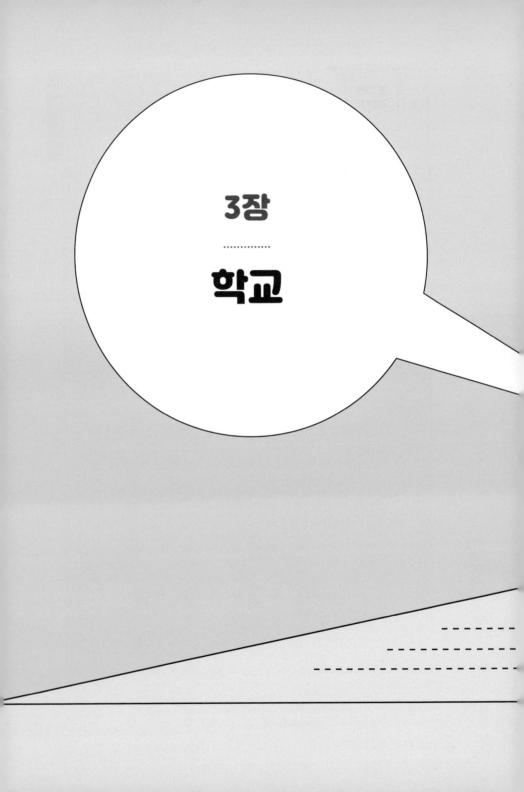

3장

학교

청소년 사회 참여, 꼭 해야 할까?

《아무도 미워하지 않는 자의 죽음》
잉게 숄

어떤 고전일까?

《아무도 미워하지 않는 자의 죽음》1952은 히틀러와 나치 정권에 맞서 투쟁하자고 외쳤던 독일 학생 조직 '백장미단'의 활동을 담은 책이다. 작가인 잉게 숄 Inge Scholl, 1917~1998뿐만 아니라 그녀의 두 동생인 한스와 조피까지 모두 백장미단의 핵심 조직원이었다. 오늘날 독일에서는 학생들에게 민주주의의 가치와 인권에 대한 개념을 심어 주기 위해 이 책을 교재로 사용한다. 과거 우리나라 군사 정권 시절에는 운동권 학생들의 필독서이기도 했다.

제1차 세계대전에서 패한 독일은 심각한 후유증을 앓았다. 사회 경제적인 혼란과 빈곤을 겪는 가운데 살인적인 인플레이션과 1929년의 경제 대공황까지 이어져 독일 국민은 절망에 빠졌다. 이때 독일은 유대인을 희생양으로 삼았다. 이는 1923년 관동 대지진으로 사회가 불안해졌을 때 일본이 보인 행보와 비슷하다. 당시 일본은 조선인과 사회주의자 들이 폭동을 계획하고 있다는 소문을 퍼뜨려 수천 명의 조선인을 학살했다. 독일에서는 모든 불행의 근원이 유대인에게 있다고 국민을 선동하고 게르만 민족의 우월성을 내세워 나치가 정권을 잡게 됐다.

당시 독일 민중은 모두를 행복하게 해 준다는 나치의 선동에 열광했다. 민중의 소망과는 달리 나치는 노조와 사회주의를 탄압하며 전체주의 국가로 향했고 반유대 정책을 펼쳐 나갔다. 유대인에 대한 상점 불매 운동, 추방, 폭력, 학살을 자행했으며, 이러한 박해는 장애인, 정신 질환자, 동성애자 등 사회적 약자에게까지 범위를 넓혔다.

나치가 폭압 정치를 멈추지 않자 마침내 이에 저항하는 조직이 생겨나기 시작했다. 그 조직들 중 하나인 백장미단의 활동이 《아무도 미워하지 않는 자의 죽음》에서 펼쳐지는 이야기다.

백장미단의 저항 운동

뮌헨 대학교 학생들이 이끌었던 백장미단은 전단지를 만들어 뿌림으로써 나치 정권의 만행을 고발하고 저항을 촉구하는 활동을 펼친다. 한편 나치 정권은 '히틀러유겐트'라는 청소년 조직을 통해 나치즘을 전파하려고 한다. 고등학생이었던 한스와 조피 남매는 히틀러유겐트의 조직원으로서 그 당시 다수의 독일 국민처럼 히틀러의 선동에 열광했고, 히틀러가 만든 조직에 속해 있다는 사실만으로도 뿌듯해했다.

하지만 시간이 갈수록 한스는 히틀러유겐트에 의구심을 품기 시작한다. 아름다운 독일 민요도 부르지 못하게 하는 조직의 방침을 받아들일 수 없었고, 사생활을 감시하고 통제하는 나치당의 전체주의가 의심스러웠다. 나치에 충성했지만 돌아오는 것은 억압뿐이라는 사실도 그를 절망하고 분노하게 했다. 한스와 조피 남매는 결국 히틀러유겐트에 등을 돌리고 백장미단에 합류한다.

뮌헨 대학교에 들어간 한스, 조피 남매는 동료들과 함께 전단지를 뿌리고 다니며 본격적으로 백장미단 활동에 뛰어들었다. 그들의 활발한 움직임으로 뮌헨은 백장미단 활동의 중심 무대가 되었다. 나치 정권 최초의 수용소와 나치 본부가 자리 잡은, 나치즘의 탄생지 뮌헨이 나치 저항 운동의 중심이 된 것이다.

한스와 조피는 나중에 결국 비밀 경찰에 체포되어 사형당하는 것으로 짧은 생을 마감한다. 작품 속에서뿐만 아니라 현실에서도 백장미단의 조직원 대부분이 사형을 당했다. 조직원들이 스무 살 안팎의 젊은 나이였다는 사실은 안타까움을 더한다. 그들의 희생이 있었기에 나치 정권 최초의 저항 운동이 탄생했다는 사실을 우리는 기억해야 할 것이다.

불의에 저항하는 청소년들의 목소리

한스와 조피 남매가 히틀러유겐트 조직에 들어간 것은 청소년 시절이었다. 그 후 백장미단에 들어가 나치 정권에 맞서 싸웠고, 20대 초중반의 나이에 처형으로 젊은 생을 마감했다. 우리나라에서도 국가의 폭압과 독재 정치에 맞서 많은 학생이 저항한 일이 있었다. 대표적으로 1960년의 4·19 혁명과 1980년의 광주 민주화 운동을 들 수 있는데, 그 당시 대학생뿐만 아니라 고등학생들까지 시위 대열에 나섰다가 크게 다치거나 목숨을 잃었다.

이러한 극단적인 저항 활동이 아니더라도 청소년들이 불의에 맞서 목소리를 낼 수 있는 방법은 다양하다. 2016년 프랑스 정부는 근무 시간 연장, 비정규직 확대 등 기업 측에 유리한 노동법 개정안을 내놓은 적이 있는데, 이때 노동자들뿐만 아니라 수천 명의 고등학생까지 시위에 참여했다. 심지어 100여 개 고등학교가 동맹 휴업에 들어가기도 했다.

우리나라에서도 여러 굵직굵직한 사회 문제가 떠오를 때마다 수많은 청소년이 광장에 나와 촛불 시위에 참여했다. '청소년 기후행동'이라는 청소년 단체 회원들은 기후위기에 대응한 정부 대책을 촉구하며 '결석 시위'를 벌이기도 한다. 개인의 이익보다 공동체 이익이 더 중요하다는 신념이 없다면 이러한 행동을 하기가 힘들 것이다.

최근 우리나라 청소년들의 사회 참여도는 갈수록 높아지고 있다. 어쩌면 이것은 입시 제도의 영향인지도 모른다. 시험지 답안으로만 점수를 책정했던 과거의 학교와 달리 요즘은 '수행 평가'를 실시한다. 사회 참여 활동에 대한 평가가 점수에 반영되기 때문에 청소년들은 학교 밖의 사회 문제에 관심을 가질 수밖에 없다. 인터넷 덕분에 뉴스를 빠르게 접할 수 있고 자신의 의견을 펼칠 기회가 많아졌다는 점도 청소년의 사회 참여를 이끄는 요인 중 하나일 것이다.

만 18세의 선거 참여

우리나라의 선거권 연령이 만 19세 이상에서 18세 이상으로 조정된 만큼_{2019년 12월} 청소년의 사회 참여도는 앞으로 더 높아질 것이다. 이에 따라 청소년 정치 참여에 대해 우려하는 목소리도 커지고 있다.

만 18세는 사실상 부모의 보호를 받는 청소년이며 민법상의 책임도 지지 않는다_{민법상 성년의 나이는 만 19세다}. 그런 청소년이 선거권을 행사하는 건 옳지 않다고 주장하는 사람들이 있다. 즉 청소년은 판단 능력이 부족해 부모와 교사의 가르침에 많은 영향을 받고, 선거에 앞서서도 부모와 교사의 입김이 작용해 정치적 독립성이 흔들릴 수 있으며, 그런 청소년이 선거에 참여하는 것은 시기상조라는 것이다. 학업의 장이어야 할 학교가 선거철이 되면 '정치판'이 될 수 있다는 우려도 있다.

만 18세 이상 선거권에 찬성하는 사람들은 어떤 주장을 펼칠까? 그들은 청소년의 의견을 선거에 반영함으로써 아동·청소년의 복지와 인권을 향상시키는 데 도움이 된다고 말한다. 또한 선거권을 부여받은 청소년은 스스로 독립성을 느껴 좀 더 책임감 있는 민주 시민으로 성장하는 데 도움이 된다고 한다.

만 18세쯤 되면 훈육의 대상이 아니라 독립적인 개인으로 대해야 한다. 만 18세는 공무원 채용 시험에 응시할 수 있고, 결혼도 할 수 있고, 국방과 납세 의무까지 지는 나이다. 그런 사람에게 선거권이 없다는 것은 의무만 있고 권리는 없는 불공평한 처사라고 찬성자들은 주장한다. 또 오늘날의 18세는 기성세대가 18세였던 때에 비해 훨씬 높은 수준의 교육을 받았고, 그만큼 판단 능력도 뛰어나다고 말한다. 게다가 판단 능력이란 게 반드시 나이에 비례하는 것도 아니므로 단지 나이를 기준으로 선거권 부여 여부를 결정하는 것은 합리적이지 않다고 한다.

고령 사회로 접어들고 있는 우리 사회의 인구 구조를 보더라도 만 18세 선거권 부여는 합당하다고 찬성자들은 주장한다. 고령 인구가 지나치게 많아지면 우리 사회를 이끌어 가는 의사 결정이 노년층의 기호와 가치관에 맞춰질 수 있고, 노년층에 쏠린 의사 결정권을 젊은 층으로 끌어와 균형을 맞추기 위해서는 만 18세 선거 참여가 반드시 필요하다는 것이다.

사고력을 높이는 끝장 토론 💬

1. 청소년의 정치 참여는 우리 사회를 어떻게 변화시킬까?

2. 우리나라의 대통령 선거 출마 자격은 만 40세 이상이다. 이는 적정한 기준일까?

행동하는 지식인,
후버 총장과 이미륵

뮌헨 대학교 교수였던 쿠르트 후버는 백장미단에 가입해 제자들의 활동을 후원했다. 그 당시 후버와 교류하며 함께 나치 정권을 비판했던 한국인이 있었는데, 바로 《압록강은 흐른다》라는 자서전적 소설로 유명한 이미륵이다. 후버 교수가 체포당해 투옥되자 이미륵은 자신이 배급받은 음식을 싸 들고 그를 찾아갔고, 그가 처형당한 뒤에는 그의 가족을 찾아가 돌봐주었다. 처형된 가족과 접촉하는 사람조차 감시 대상이었던 나치 정권하에 이미륵은 먼저 떠난 동료와의 우정과 의리를 지킨 것이다.

황해도 해주 출신의 이미륵은 경성의학 전문대학 시절 3·1 운동에 가담했다가 경찰의 추격을 받았고, 압록강을 건너 독일로 망명했다. 뮌헨 대학교에 들어가 의학을 전공하다가 동물학과로 전과했다. 1946년 독일어로 발간된 《압록강은 흐른다》는 오늘날까지도 많은 독일인에게 사랑받고 있다.

암기해야 할까, 이해해야 할까?

《소유냐 존재냐》 에리히 프롬

어떤 고전일까?

《소유냐 존재냐》1976는 사회심리학자이자 철학자인 에리히 프롬Erich Fromm, 1900~1980의 대표작이다. 인간의 삶의 양식을 '소유 지향적인 삶'과 '존재 지향적인 삶'으로 나누고 두 가지 삶의 양식에 대해 논한다. 철학책은 다가가기 어렵다는 편견과 달리 프롬의 책들은 친근한 문장과 쉬운 비유로 대중의 사랑을 받고 있다.

독일 프랑크푸르트의 유대인 가정에서 태어난 에리히 프롬은 사회심리학과 정신분석학을 연구했다. 제2차 세계대전 당시 나치의 유대인 탄압을 피해 미국으로 망명했는데, 전쟁이 끝난 후에도 독일로 돌아가지 않고 미국에 남아 연구와 저작 활동을 계속했다.

프롬이 철학, 심리학 분야에서 주목할 만한 업적을 남긴 만큼 그의 책도 난해한 이론을 담고 있을 거라고 오해하기 쉽다. 미리 말하지만 그런 걱정은 내려놓아도 된다. 누구나 이해하기 쉬운 문장으로 그토록 깊이 있는 통찰을 풀어 냈다는 사실이 놀라울 따름이다. 그의 대표작들이 세계적인 스테디셀러로 자리매김한 것은 바로 그 때문이다.

특히 《소유냐 존재냐》는 철학 에세이에 가까울 정도다. 일상 생활에서 쉽게 경험할 수 있는 이야기를 예로 들어 설명한 부분이 많기 때문이다. 이 책에서 프롬은 '소유'를 지향하며 살아가는 인간의 모습과 '존재'에 의미를 두고 살아가는 인간의 모습을 보여 주며, 소유 지향적인 오늘날의 산업 사회를 비판한다.

"나는 생각한다. 고로 존재한다"라는 명언을 오늘날의 자본주의
사회에 맞게 바꾸어 놓은 말이 있다. "나는 소유한다. 고로 존재한다"
와 "나는 소비한다. 고로 존재한다"가 그것이다. 예를 들면 자신의 사
회 경제적 위치를 과시하는 수단으로 고급 자동차를 소유한다거나,
백화점에 가서 명품을 구입하는 등 소유와 소비에 대한 욕구를 채울
때 '나'는 비로소 존재감을 느낀다는 말이다.

우리의 일상 언어 속에서도 소유 지향적인 태도를 찾아볼 수 있
다. 예를 들면 "난 널 사랑해" 대신 "넌 내 거야"라고 말한다. 서로 사
랑을 나눈다기보다 상대방을 소유하는 것에서 만족감을 느끼는 심
리가 내포된 말이다. 영어에서는 특히 '가지다 have'가 자주 등장한다.
다른 하나의 단어로 표현할 수 있는 말도 '가지다'를 덧붙여 표현하는
경우가 많다. 예를 들어 '의심하다' 대신 '의심을 가지다 have doubt'라고
표현하고, '확신하다' 대신 '확신을 가지다 have confidence'라고 표현하는
것이다. '가지다'라는 단어는 소유 지향적인 사회일수록 더 많이 사용
하는 경향이 있다.

여기까지 이야기하고 보니 '소유'가 부정적인 의미로 다가오지
만, 사실 물건을 소유하는 것은 자본주의 사회에서 지극히 정상적인
행위다. 자본주의를 지탱하는 버팀목이자 밑거름이 바로 소유를 향

한 경제 활동이기 때문이다. 냉장고, 세탁기, 스마트폰 등 기본적으로 소유하지 않고는 삶을 이어 가기 힘든 물건도 많다. 늘 소유했던 스마트폰이 없어졌다고 가정해 보자. 생활의 편의를 도와주는 여러 앱을 이용할 수 없어 생활이 불편해지고 지인들과 연락할 수도 없다. 더 나아가 삶에 마비가 오고 자신의 존재를 사회에 알릴 수가 없다. 즉 소유 없이는 존재도 있을 수 없는 것이다.

이러한 소유와 존재의 관계는 유형의 물건에만 적용되는 게 아니다. 흔히 '몸값'이라는 말을 쓰는데, 몸값이 높은 운동선수는 연봉이 높을 뿐만 아니라 경기 출전 기회 등에서 더 많은 혜택을 누린다. 이렇게 인간이 소유한 능력에 따라 존재 가치가 평가되기도 한다. 이 경우 운동선수 입장에서는 소유했던 능력을 잃어버리는 순간 존재감을 크게 상실할 수 있다.

그러니 현실적으로 소유와 존재를 두고 양자택일하라는 것은 어불성설에 가깝다. 에리히 프롬 자신도 책을 통해 토로했듯이, 우리는 다만 소유와 존재 중 어느 한쪽을 좀 더 가치 있게 여길 뿐이다. 어느 쪽을 어느 만큼 더 가치 있게 여기는지에 따라 인간의 특성이 다르게 나타난다고 프롬은 말한다.

소유를 지향하는 사람은 사물을 중심으로 세상을 살아가고, 존재를 지향하는 사람은 인간을 중심으로 살아간다고 한다. 전자는 길을 걷다가 꽃을 발견하면 꺾어서 자기 방 꽃병에 꽂으려 하고, 후자는 잠시 발걸음을 멈추고 꽃을 감상한 뒤 가던 길을 계속 간다고 한다. 이렇게 "소유냐, 존재냐"라는 질문은 세상을 향한 두 가지 다른 길이며, 어느 쪽에 더 가치의 비중을 두느냐에 따라 개인의 생각, 감정, 행동이 달라진다는 게 프롬의 철학이다.

소유 지향형과 존재 지향형의 학습 특성

에리히 프롬은 소유 지향형 인간과 존재 지향형 인간이 각기 어떤 행동 특성을 보이는지 학생의 학습 유형을 예로 들어 설명했다.

소유 지향형 학생은 배운 내용을 이해하지 않고 그대로 머릿속에 집어넣어 암기하려 한다. 교사의 설명이나 교과서 내용에 대해 어떠한 의문점도 제기하지 않는다. 예를 들어 '왜 이런 결과가 빚어졌을까?', '이 공식은 어떻게 탄생하게 됐을까?', '다른 방법으로 문제를 풀 수는 없을까?' 하는 질문을 하지 않는다. 수업 시간에는 노트 필기에 열중하며, 그 내용을 어떠한 비판적 사고도 없이 달달 외워서 시험에 대비한다.

만일 자신이 암기한 내용 외에 조금 새로운 개념이 포함된 문제가 나오면 당황하고 지레 겁을 먹는다. 그런 문제는 지식을 이해해야만 응용해서 풀 수 있기 때문이다. 따라서 아무리 열심히 공부해도 암기에만 열중한 학생은 성적이 어느 한계점 이상을 넘지 못한다. 필자가 대학생 때 만난 한 친구는 얼마나 성실히 노트 필기를 했던지 교수가 어느 순간에 어떤 농담을 했는지도 노트에 나와 있을 정도였다. 문제는 그렇게 필기한 지식을 암기하는 것만으로는 대학교 시험에서 점수를 얻기가 힘들다는 것이다. 그 친구 역시 필기 내용을 암기하며 누구보다 열심히 공부했지만 성적은 시원찮았다.

존재 지향형 학생은 교사의 설명을 곧이곧대로 머릿속에 주입하지 않고 이해하는 데 집중한다. 노트에는 주요 내용만 필기하되, 자신이 이해한 내용을 자기만의 문장으로 풀어 쓴다. 이런 학생은 그날 배울 내용과 관련해 사전에 배경 지식을 찾아보고 교과서에서 왜 이렇게 설명했을까 생각해 본다. 수업 시간에는 자신의 의견을 내놓으며 교사에게 질문을 던지고, 다른 학생들의 의견에도 귀 기울이며 자기만의 지식을 쌓아 간다. 이렇게 쌓은 지식은 오랜 세월이 흘러도 머릿속에 남아 있지만, 단순 암기로 쌓은 지식은 쉽게 사라져 버린다. 학습에 대한 흥미도는 단연 존재 지향형 학생이 높다.

존재 지향형 학생이 제대로 열매를 맺게 하려면 교사도 교과서 안에만 머물러 있어선 안 된다. 교과서 밖의 지식과 논리를 더해 학생들과 의견을 주고받으며 좀 더 폭넓은 사고를 할 수 있도록 이끌어야 한다. 교과서 내용을 일방적으로 전달하는 수업 방식은 존재 지향형 학생들에게 따분함과 공상의 시간만 안겨 줄 뿐이다.

발표를 할 때도 두 유형은 서로 다른 특성을 보인다고 한다.

소유 지향형 학생은 발표 자료를 시나리오 대본 수준으로 준비한다. 본인 차례가 되면 대본의 내용을 줄줄이 읊어 나간다. 문제는 그 내용이 설령 논리적으로 완벽하다 하더라도 발표자가 그저 낭독하듯 읽어 내리기만 하면 청중의 집중도가 떨어진다는 것이다. '차라리 그냥 자료를 출력해서 나눠 줄 일이지'라는 불평이 나올 수도 있다. 또 자료를 읽어 내리다가 실수로 한 줄 건너뛰기라도 하면 지레 당황해서 다음 문장을 매끄럽게 이어 가기가 힘들다. 그런 발표자를 눈앞에 둔 청중은 더욱 불편함을 느끼고 분위기가 산만해질 수 있다.

소유 지향형 학생이 발표하는 모습은 간단한 셈도 계산기에 의존하는 상점 점원과도 같다. 매번 이용하던 계산기가 없어진 순간 나침반을 잃어버린 항해사처럼 당황하는 점원 말이다. 그런 소유 지향형 인간들이 예기치 못한 상황 앞에서 대응력이 떨어지는 것은 능동적인 사고 습관을 기르지 못했기 때문이다. 스스로 사고하지 못하면 기억력과 판단력까지 흐려지게 된다. 옛사람들은 스마트폰의 일정 관리 앱이 없이도, 심지어 자기 이름을 쓸 줄 모르면서도 1년에 열 번이 넘는 제사 날짜를 기억했다. 스스로 사고하려는 노력이 그만큼 중요한 이유다.

한편, 존재 지향형 학생은 발표 내용의 줄거리만 적어 놓은 메모를 들고 단상에 선다. 물론 발표에 앞서 메모 내용을 중심으로 어떻게 발표를 전개해 갈지 구체적으로 생각해 둔다. 자신의 주장을 뒷받침할 근거 자료를 폭넓게 조사하고 충분히 이해될 때까지 그 내용을 파고든다. 그렇기 때문에 발표할 때 설령 잠시 말을 더듬게 되더라도 당황하지 않고 발표를 이어 갈 수 있다. 머릿속에 정리해 둔 논리에 따라 말의 표현은 얼마든지 달리 할 수 있기 때문이다.

발표자가 이렇게 유연함과 능동성을 발휘한다는 것은 청중과 소통할 준비가 되어 있다는 뜻이다. 발표가 끝난 후 청중이 예기치 못한 질문을 할 수 있다. 이럴 때 머릿속 지식에만 사고가 묶여 있는 소유 지향형 학생은 당황하며 우물쭈물하지만, 존재 지향형 학생은 즉석에서 자유롭고 논리적인 사고를 펼치며 답변을 늘어놓는다.

에리히 프롬은 독서할 때도 두 유형의 학생이 각기 다른 태도를 보인다고 한다. 만약 소설을 읽는다면 소유 지향형 학생은 책 속의 줄거리를 단지 소유하려 든다. 주인공이 결국 살아남는지, 남녀의 사랑은 이루어지는지, 행복한 결말로 끝나는지 등 이야기 속의 사실 관계에만 관심을 둔다. 이런 종류의 독서는 읽는 순간에만 즐겁고 내면에 남아 있는 게 없는 '소비적인 독서'다. 반면에 존재 지향형 학생은 등장 인물이 왜 이런 선택을 했는지, 왜 이런 결말로 끝났는지, 작가가 전하려는 의미는 무엇인지 등을 생각해 본다. 이야기가 펼쳐지는 역사적 배경을 찾아보기도 하며, 책을 통한 깨달음을 바탕으로 자신의 모습을 되돌아보기도 한다.

사고력을 높이는 끝장 토론 💬

1. 한 권의 책을 완독한 후에 다른 책을 읽는 사람도 있고, 이 책 저 책 들춰보며 여러 권의 책을 함께 읽는 사람도 있다. 어떤 독서가 더 효율적일까?

2. 어떤 소설이 영화화된다면 책을 먼저 읽고 영화를 보는 게 좋을까, 그 반대가 좋을까?

독서가 부담스럽다면
만화책부터 읽어 보자

에리히 프롬은 줄거리에만 몰두한 소유 지향형 독서는 소비적인 독서라고 했다. 만화책이나 무협지, 라이트 노벨 등은 읽을 필요가 없다는 말과 같다. 하지만 이런 책도 독서 습관을 들이는 데 훌륭한 동기가 될 수 있다. 책이라면 부담감 먼저 느끼는 사람에게 깊은 사고력이 필요한 책을 들이민다면 그 사람은 더더욱 책과 담을 쌓게 될 것이다. 그런 사람이 어느 날 무심코 만화책을 펼쳐 들었는데 줄거리가 흥미진진하다면 누가 권하지 않아도 또 다른 만화책을 찾아볼 것이다. 그러다 보면 책에 대한 부담감이 덜어져서 다른 종류의 책도 찾아보게 되고 독서 경험이 쌓여서 사고력과 창의력도 자연스럽게 높아진다.

무조건 존재 지향형 독서만 추구할 필요는 없다. 우선 소유 지향형 독서로 책의 흥미로움을 느끼는 것도 독서 습관을 들이는 좋은 방법이다.

조기 교육,
정말 도움이 될까?

《에밀》 장 자크 루소

《에밀》1762은 프랑스의 사상가이자 철학자인 장 자크 루소Jean-Jacques Rousseau, 1712~1778가 18세기 유럽의 교육을 비판하고 자신의 교육 철학을 이야기한 소설 형식의 교육서다. 인간의 본성을 존중한 자연주의 교육을 강조했다. 19세기와 20세기를 거쳐 21세기인 지금의 교육 현실에도 시의적절한 고전이다.

루소는 《에밀》을 통해서 플라톤의 《국가론》에 대한 안타까움을 토로했다. 《국가론》이 제목 때문에 정치에 대한 책이라고 오해받는데 사실은 가장 뛰어난 교육서라는 것이다. 그런데 불행하게도 플라톤에 대한 루소의 동정은 루소 자신의 일이 되고 말았다. 우리나라 사람들은 흔히 루소라는 이름을 들으면 반사적으로 "자연으로 돌아가라"라는 말을 떠올린다. 여기서 '자연'이란 인간의 타고난 자연성을 말하는 것이다. 즉 인간은 본래 선한 마음과, 자유와 행복을 추구하는 성질을 타고났으니 그러한 자연성을 잃지 말아야 한다는 말이다. 하지만 많은 사람이 루소와 함께 '풀과 나무가 우거진 숲'을 떠올리곤 한다. 루소를 대표하는 문장이 루소에 대한 광범위한 오해를 낳고 만 것이다. 루소가 이 사실을 안다면 어떤 기분일까?

《에밀》은 루소의 '교육 철학'이 담긴 책이다. 이렇게만 말하면 지루한 이론서를 떠올리기 쉽지만, 사실은 소설 형식으로 전개되는 흥미로운 책이다. 일정을 목숨처럼 지켰던 철학자 이마누엘 칸트가 살아생전 딱 두 번 시간을 어겼는데, 그중 한 번이 《에밀》을 읽다가 깜

박했을 때라고 고백했을 정도다 또 한 번은 프랑스 혁명에 관한 신문 기사를 읽다가였다.

루소에 대한 오해가 또 하나 있다. 루소는 위대한 교육서를 쓴 사상가지만, 정작 본인의 자식들은 교육은커녕 전부 고아원으로 보냈다. 그래서 비정하고 위선적인 인물이라는 꼬리표를 달고 있다. 사실 그 당시 루소는 너무 가난한 처지여서 차라리 고아원이 아이들에게 더 나은 환경이라고 판단했던 것뿐이었다. 어쨌든 루소는 자신의 과거를 참회하며 자식들에 대한 미안함을 자서전에 남기기도 했다.

자연성을 존중한 시기별 교육

루소는 18세기 프랑스 교육을 비판하고 대안을 제시하기 위해 《에밀》을 썼다. 당시 유럽 사회에서 교육은 부모들이 양육의 수고를 회피하기 위한 수단이 되곤 했다. 물론 서민들에게는 교육의 기회조차 없었다. 당시 귀족들 중에는 요즘 젊은 세대의 '욜로YOLO'와 같은 삶을 추구했던 사람이 많았다. 한 번뿐인 인생, 즐기며 살자며 허구한 날 파티를 즐기느라 자식 교육에 신경 쓸 여력이 없었다. 이런 귀족들의 고민을 해결해 준 것이 기숙 학교와 수녀원이었다. 그곳에 자식을 보내기만 하면 부모는 교육에 신경 쓰지 않아도 되었다. 이도 여의치 않으면 자격이 검증되지 않은 가정 교사를 들이기도 했다.

기숙 학교나 수녀원은 교육 기관이라기보다 아이들을 가두는 감금 시설과도 같았다. 체벌과 통제가 엄했고 외부와의 교류는 거의 금지되었다. 아이들은 그 모든 억압을 견디며 체통 있는 귀족이 되기 위한 교육을 받았다. 루소는 이러한 교육을 '반자연적'이라고 여겼으며, 인생의 역경을 이겨 낼 힘을 키워 주지 못한다고 지적했다. 이것은 교육이 아니라 학부모가 원하는 틀에 맞게 아이를 욱여넣는 것일 뿐이라고 했다. 더욱이 위험한 것은, 귀족 교육을 받고 자란 사람이 귀족의 지위를 잃게 되면 그는 아무짝에도 쓸모없는 '잉여 인간'이 된다는 것이었다. 기숙 학교나 수녀원의 교육은 이기적인 인간, 인간다움이 결여된 인간을 양성할 뿐이며, 가족 간의 정을 애초에 차단한다고 루소는 믿었다. 우리나라에도 젖먹이 때부터 친모와 차단된 채 왕세자 교육을 받은 사도 세자가 마음의 병을 앓았던 사례가 있다.

루소는 '자연스러운' 교육을 주장했다. 인간의 자연성이 훼손되지 않도록 교육하는 게 중요하다는 것이다. 그러한 교육을 위해선 성장 시기별로 적합한 교육을 해야 하는데, 루소는 다음의 다섯 단계로 인간의 성장 시기를 구분했다. 육체적 성장만 하는 시기, 감각이 성장하는 시기, 지식을 키우는 시기, 감성을 키우는 시기, 도덕심을 알아가는 시기다. 각 시기에 따른 교육 목표와 방법을 제시한 것이 루소 교육론의 핵심이다.

갓 태어난 아이들은 흔히 배내옷을 입는데, 루소는 이 배내옷 입히는 걸 사라져야 할 나쁜 풍습이라고 비판했다. 갓난아기는 육체적 성장만 하는 시기인데, 배내옷이 신체를 조여서 자유를 억압한다는 것이다. 아이들은 흙투성이가 되더라도 자연 속에서 마음껏 뛰어놀아야 한다는 게 루소의 신념이었다.

열두 살 미만에게 책은 재앙이다

루소는 열두 살 미만의 아동기를 감각이 성장하는 시기로 보았다. 이 시기의 아이는 전원 환경에 둘러싸여 지내야 하며, 책을 통한 교육은 금물이라고 했다. 책을 읽힌답시고 오랫동안 앉혀 두는 것은 감각이 성장하는 데 방해되며, 심지어 '재앙'이라고도 표현했다. 이는 루소의 교육론 중에서 오늘날 우리나라 학부모들에게 가장 극렬한 반대에 부딪힐 내용이다. 열한 살이 되도록 책 한 번 펼쳐보지 않는다는 것은 상상도 할 수 없는 일이기 때문이다.

루소가 책을 권하는 나이는 지식을 키우는 시기에 접어드는 열두 살부터다. 우연의 일치인지 열두 살은 우리나라 학부모들이 외국어 학습의 결정적 시기라고 믿는 나이이기도 하다. 열두 살이 지나면 외국어 습득 능력이 점점 떨어진다고 한다. 열 살에 해당하는 초등학교 3학년부터 학교에서 영어를 배우는 것은 이 때문이다. 아무래도 우리나라의 공교육은 루소의 교육론과 학부모의 요구가 적절히 절충된 것으로 보인다. 요즘 선행 학습을 금지하는 것도 시기별 맞춤 교육을 중시한 루소의 이론이 반영된 것인지도 모른다. 물론 공교육 정상화 등 사회 경제적인 필요성에 따른 것이기도 하지만 말이다.

감각이 성장하는 시기에 자연과 함께해야 한다는 루소의 주장에 요즘의 학부모들도 공감하지 못하는 것은 아니다. 다만 현실적으로 아이에게 그런 환경과 여유를 안겨 주지 못할 뿐이다. 그렇다면 오늘의 현실에 맞게 루소의 철학을 조금 반영해 보면 어떨까? 예를 들면 책을 읽으라고 잔소리하는 대신 다양한 놀이를 통해 감각을 발달시켜 주는 것이다. 독서도 하나의 놀이처럼 느낄 수 있도록 새로운 독서 방법을 찾아볼 수도 있다.

자연성을 억압하는 조기 교육

새로운 독서 방법을 찾는 건 그리 쉬운 일이 아니다. 사실 퇴근 후 아이와 30분간 마주 앉아 있기도 벅찬 부모가 많다. 그래서 아이를 학원에 보낸다. 다른 아이들이 모두 학원에 다니니 우리 아이만 안 다니면 왠지 뒤떨어지는 기분이다. 다른 아이들보다 조금이라도 앞서서 하나라도 더 배우게 해야만 부모는 안심이 된다. 그래서 너도나도 조기 교육에 열을 올린다.

아직 우리말 발음도 서툰 아이들에게 영어를 가르치기도 한다. 물론 열두 살 이하의 언어 습득 능력이 상대적으로 우수한 것은 사실이다. 하지만 열두 살 이후에 알파벳을 터득한 사람도 집중적으로 학습하면 얼마든지 영어에 능통해질 수 있다. 조기 외국어 학습에 지나치게 연연할 필요가 없다.

아이를 학원에 보내거나 조기 교육을 시키는 것이 진정 아이를 위한 것인지도 생각해 봐야 한다. 혹시 18세기 유럽의 귀족들처럼 양육에 대한 부담감을 학원에 떠넘기는 것은 아닌지 말이다.

한편, 열두 살 미만에게 독서를 금지한 루소가 읽기를 권한 단 한 권의 책이 있다. 대니얼 디포의 《로빈슨 크루소》다. 이 소설에는 무인도에서 홀로 역경을 헤쳐 나가는 한 남자의 모험담이 그려져 있다. 다양한 환경에 적응할 수 있도록 인간을 성장시키는 것이 참다운 교육이라고 여겼던 루소의 교육관이 잘 반영된 작품이다.

사고력을 높이는 끝장 토론 💬

1. 18세기 유럽 귀족의 자식들처럼 억압적인 교육을 받고 자랐을 때 다양한 환경에 적응하기 힘든 이유는 무엇일까?

2. 조기 교육을 받았던 경험이 있다면 그 교육이 자신의 학습 발전에 어떤 도움이 되었는지 이야기해 보자.

루소의 책을
불태워 버려라

루소는 《사회 계약론》과 《에밀》을 1762년 연달아 발표했다. 그때 프랑스 정부는 루소의 책을 태워 버리라는 명령을 내림으로써 루소에게 치욕을 안겨 주었다. 루소가 책 속에서 강조한 자유와 평등에 대한 논리가 왕과 귀족들의 세상이었던 당시 프랑스 사회를 비판한 것이었기 때문이다.

정부의 명령이 무색하게도 《사회 계약론》은 프랑스 혁명의 든든한 밑거름이자 버팀목이 되었다. 뿐만 아니라 미국이 독립을 하는 데 사상적인 토대가 되었고, 미국은 실제로 '사회 계약'의 과정을 통해 민주 국가를 세웠다. 그런 한편 《에밀》은 아이가 부모의 소유물이 아니라 독립적이고 자유로운 존재여야 한다는 교육론의 뿌리가 되었다.

인성이 중요할까, 실력이 중요할까?

《걸리버 여행기》 조너선 스위프트

《걸리버 여행기》1726는 주인공 걸리버가 소인국과 거인국 등을 여행하며 겪은 신비로운 모험을 그린 소설이자, 18세기 영국 사회를 신랄하게 비판한 풍자 소설이다. 비판의 주요 표적이었던 당시 권력층에게는 '금서'로 지목되기도 했지만, 사회 불평등에 억눌린 다수의 민중에게는 웃음과 카타르시스를 선사한 작품이다. 작가 조너선 스위프트Jonathan Swift, 1667~1745의 조국 아일랜드에서는 그를 '자유를 지킨 용맹한 수호자'로 추앙한다.

《걸리버 여행기》는 1726년 출간되자마자 초판 1만 부가 다 팔렸고, 어린이와 성인 할 것 없이 모두에게 큰 인기를 끌었다. 어린이들은 계란의 양 끝 중에 어느 쪽을 깨서 먹느냐를 두고 두 나라가 싸우는 이야기, 소변을 누어 왕궁의 불을 끈 이야기 같은 동화적인 요소에 열광했다. 어른들은 풍자적으로 그려진 등장인물을 두고 현실의 인물 중 누구를 지목한 것인지에 대해 설전을 벌이며 이웃들과 즐거운 시간을 보내기도 했다.

이 책은 동화와 판타지 형식을 띠고 있지만, 그 안에 등장하는 모든 상황은 당대 사회상과 인간의 위선을 날카롭게 비판한 것이다. 원작은 전체 4부로 구성되어 500쪽이 넘는 긴 이야기지만, 비판의 수위가 너무 높다는 이유로 상당 부분 삭제되어 출간되기도 했다. 작가가 출간에 앞서 이렇게 말했을 정도였다.

"출판업자가 감옥에 갈 각오를 한다면 책을 내 볼 생각이다."

소인국에서는 사람을 채용할 때 뛰어난 능력보다 훌륭한 인성을 더 높게 평가한다. 누구든 어느 정도의 실력만 있으면 어떤 업무든 수행할 수 있다고 여기며, 보통 사람은 할 수 없는 신비로운 능력이 필요한 공적인 일은 없다고 믿는다. 한 세대에 겨우 세 명도 나오기 어려운 천재만이 해낼 수 있는 공적인 직무를 신이 만들어 놓았을 리 없다는 것이다.

《걸리버 여행기》의 한 대목이다. 상류층만 교육의 혜택을 받고 공직 사회로 나갈 수 있었던 18세기 영국의 귀족 사회를 비판한 내용이다. 이를 통해 작가는 인성이 안 좋은 상류층 사람보다 교육 수준은 좀 떨어지더라도 인성이 훌륭한 평민이 공직 사회를 이끌어야 한다고 주장하고 싶었던 게 아닐까?

2020년 우리나라에서는 의과대학 정원 확대, 공공 의과대학 설립 등을 반대하며 의사들이 파업에 나선 일이 있었다. 그 기간 동안 환자들이 제때 치료를 받지 못하는 등 피해가 발생했다. 그러자 시민들 사이에서는 의사들의 직업 윤리에 대한 비난의 여론과 함께 이런 논쟁이 일었다.

"희생 정신은 부족하지만 실력이 뛰어난 의사와 실력은 좀 부족하더라도 희생 정신이 뛰어난 의사 중 어느 쪽이 더 나은가?"

"의대 입시에는 '인성 점수'를 중요하게 반영해야 하지 않을까?"

점수와 실력만 중요히 여겼던 과거와 달리 갈수록 인성에 대한 관심과 기대가 높아지고 있다. 경솔한 언행으로 인성 논란의 도마에 오르는 연예인이 부지기수며 심지어 방송계에서 영영 사라지기도 한다. 실력을 특히 중요하게 평가하는 예술과 스포츠 분야에서도 그릇된 언행으로 물의를 일으키면 활동 영역에서 퇴출당하게 된다. 과거에 한 야구 선수는 프로 구단 입단을 앞두고 고등학생 시절 연루되었던 학교 폭력 사건이 밝혀져 입단이 취소되었다. 올림픽에 출전해 세계에 이름을 떨쳤던 선수가 음주나 도박 사건으로 은퇴한 일도 있었다.

학교의 인성 평가

'인성'은 대학 입학시험에서도 결코 무시할 수 없는 평가 요소로 자리 잡았다. 과거에는 시험지 성적이 입시 평가 요소의 거의 전부였지만, 최근에는 많은 대학에서 학생부와 자기 소개서 등을 통해 인성 평가까지 한다. 중고등학교 장학생 선발 기준에도 인성이 주요 항목으로 자리 잡았다. 대학에서는 성적 장학금 대신 사회적 배려 대상자 중심으로 장학금 종류를 늘려 가는 추세며, 여기에도 학생의 평소 품행은 중요하게 반영된다.

입시 제도가 보여 주듯 우리나라 교육계는 지식과 인성을 고루 갖춘 인재 양성을 위해 노력하고 있다. 중고등학교에서는 학생들이 서로 배려하고 협동하며 함께 성장해 나가는 것을 교육 목표로 삼는다. 그래서 팀별 활동 과제가 다양해지고 있다. 여러 명이 한 팀이 되어 서로 의논하고 탐구해야만 해낼 수 있는 과제다. 만약 이때 팀원들과 협동하지 않고 혼자만의 길을 고집하거나 팀원들이 완성해 놓은 결과물에 무임승차하는 학생은 좋은 평가를 받지 못한다.

대입 전형에서 인성의 비중이 비교적 큰 학교는 교육대학과 사범대학이다. 교육부는 다른 대학들도 인성 점수를 입시에 반영하고 그 비중을 좀 더 높이도록 권고하고 있다. 하지만 인성 평가가 또 다른 사교육을 부추길 수 있다는 우려도 나오고 있다. 사실 인성이란 수치로 환산하기가 불가능한 것인데 어떻게 그것을 점수화하느냐는 주장도 끊이지 않는다.

대입 전형에서 인성 평가에 반영되는 요소는 출결 사항, 수상 경력, 체험 활동, 독서 활동, 행동 특성 및 종합 의견, 자기 소개서, 교사 추천서 등이다. 과연 이런 항목에서 높은 점수를 받은 학생이 성인이 되어서도 나눔과 배려를 실천하는 인성 좋은 시민, 의사, 정치인, 직장인이 될지는 미지수다. 어쨌든 인성과 실력을 고루 갖춘 인재 교육은 분명히 필요한 일이며, 그 방법을 찾아 가는 일이 학교와 교육부의 과제일 것이다.

실력 좋은 직원을 채용할까, 인성 좋은 직원을 채용할까?

인성 평가는 대입 전형에만 반영되는 게 아니다. 기업에서도 창의성과 전문성에 더해 도덕성을 갖춘 인재를 찾고 있다. 기업에서 도덕성을 강조하게 된 것은 2000년대 이후다. 오로지 앞만 보고 달렸던 고도성장기에는 기업에 이익을 안겨 주는 직원을 최고의 인재로 여겼다. 그런데 고도성장기 이후 기업의 나쁜 관행이 사회 문제로 불거지면서 경영인들이 윤리 경영을 하겠다는 의지로 도덕성을 요구하게 된 것이다.

일본에서는 우리나라보다 좀 더 빠른 1970~1980년대에 윤리 경영에 눈을 돌렸다. 당시 일본의 많은 경영인은 다정한 동료 관계, 고용 유지 보장, 평등한 직장 구조, 조직에 대한 책임감과 같은 정신적인 요소가 기업의 능률을 향상시킨다고 믿었다. 그래서 신입 사원을 채용할 때 전문적인 능력보다 인성을 더 중요하게 평가했다.

고도성장기에서 50년을 더 건너온 지금, 우리나라 기업에서 요구하는 인성은 도덕성을 넘어 의사 소통 및 대인 관계 능력, 팀워크 및 협업 능력에 초점이 맞춰져 있다. 이에 더해 팀을 이끌어 갈 수 있는 통솔력과 열정을 중요한 덕목으로 여긴다. 실력이 아무리 뛰어나더라도 독선적인 행보를 하는 사람은 결국 조직의 이익에 도움이 안 된다고 여기는 것이다.

'평생 직장'이라는 눈에 보이지 않는 안전망이 사라진 오늘날, 생존 경쟁은 갈수록 치열해지고 있다. 조금이라도 더 오래 직장에 남아 있기 위해서는 동료와 협업하는 팀워크에도 신경 써야 하고, 한편으로는 전문적인 기술 개발 등 실력을 쌓는 데도 노력해야 한다. 팀워크 등 인성 면에서 아무리 좋은 평가를 받더라도 실력에서 아무런 발전이 없으면 결국 해고를 당한다.

직종에 따라 인성과 실력 중 더 중요한 덕목이 있을 수도 있다. 정치인이나 의사의 경우는 어떨까? 회계사나 법조인, 교사는 어떨까? 고도의 지식이 필요한 전문직일수록 실력이 더 중요하다는 여론이 훨씬 많은 편이다. 실력이 뛰어난 전문직 종사자가 갑자기 퇴사를 하면 그 업무를 대신할 인력을 찾기가 힘들기 때문이다.

그런데 이런 상황이라면 어떨까? 어떤 환자가 입원을 했는데 죽음을 앞두고 있다. 이 환자는 실력 좋은 의사가 자신을 담당해 주길 원할까, 인성 좋은 의사가 담당해 주길 원할까?

만일 내가 음식점을 운영하는데 서빙 직원을 채용한다고 하자. 한 직원은 빠릿빠릿하고 손님 응대도 잘하지만 걸핏하면 짜증을 내고 결근이 잦다. 또 한 직원은 행동은 좀 굼뜨지만 언제나 예의 바르고 성실하다. 둘 중 어느 직원을 선택하는 게 좋을까?

이렇게 인성과 실력 중 어느 쪽을 더 중요하게 여길지는 개인의 가치관이나 상황에 따라 선택이 달라지는 경우가 많다.

사고력을 높이는 끝장 토론 💬

1. 대학 입시 평가에 인성 점수를 반영해야 할까?

2. 인성은 타고나는 것일까, 환경에 의해서 만들어지는 것일까?

아일랜드에 노벨 문학상 수상자가 많은 이유

윌리엄 버틀러 예이츠[1923], 조지 버나드 쇼[1925], 사뮈엘 베케트 [1969], 셰이머스 히니[1995], 제임스 조이스, 오스카 와일드, 조너선 스위프트. 이 작가들의 공통점은 무엇일까? 모두 아일랜드 출신의 세계적인 작가라는 것이다. 앞의 네 명은 노벨 문학상까지 받았으며, 작가 이름 옆의 숫자는 수상 연도를 나타낸다. 아일랜드 인구는 서울 인구의 절반밖에 되지 않는데 그 적은 인구에서 어떻게 이렇게 많은 대작가가 탄생했을까?

아일랜드에는 입에서 입으로 전해지는 민담과 설화, 그리고 판타지가 발달한 편이다. 그만큼 아일랜드인들은 예로부터 신비롭고 환상적인 이야기를 좋아했으며, 자신의 상상력을 더해 이야기를 재미있게 할 수 있는 능력을 귀하게 여겼다. 그런 경향이 문학 작품에도 많이 반영되었고,《걸리버 여행기》역시 마찬가지다. '최후의 낭만주의 시인'으로 불리는 예이츠도 요정과 유령, 마법의 동물들이 등장하는 환상적이고 매혹적인 이야기를 모아 《켈트의 여명》이라는 책을 냈다.

　대작가들의 명성 덕분에 아일랜드의 수도 더블린은 '유럽 문화의 심장'으로 불리기도 한다. 현재 더블린 시내에는 아일랜드 작가들의 친필 원고와 초상화, 타자기 등을 전시해 놓은 '더블린 작가 박물관'이 있다. 이곳은 문학의 성지로 알려져 순례객들의 발길이 줄을 잇는다.

스마트폰은 학습의 방해물일까?

《오셀로》 윌리엄 셰익스피어

어떤 고전일까?

《오셀로》1603는 영국 문학을 대표하는 극작가 윌리엄 셰익스피어William Shakespeare, 1564~1616의 4대 비극 중 하나다. 용맹스런 장군 오셀로가 부하 이아고의 모략에 빠져 자신의 아내를 의심하다가 결국 살해하고, 나중에 진실을 알게 된 그는 자신의 목숨까지 끊게 된다. 《오셀로》를 포함한 4대 비극 모두 정신적으로 파멸해 가는 인물의 모습을 보여 준다.

셰익스피어는 희곡 38편과 소네트 154편 등을 통해 인간 심리에 대한 예리한 통찰을 보여 준다. 그의 작품에서는 인간의 복잡한 감정과 성격, 그리고 인간사에서 일어나는 모든 상황을 발견하게 된다. 어리석음, 우유부단함, 용맹함, 의심, 질투 등의 모습이 한 작품과 한 인물에 모두 들어 있다.

《오셀로》에서 이아고는 오셀로 부부를 이간질하기 위해 거짓과 사실을 섞어서 거짓 정보를 만든다 이는 오늘날 거짓 정보를 기사라는 형태로 퍼뜨리는 '가짜 뉴스'의 원형에 해당한다. 그 내용에 속아 넘어간 오셀로는 아내를 의심하는 의처증 증세를 보인다. 아내가 그의 의심을 풀어 보려고 노력하지만, 오셀로는 질투와 분노에 사로잡힌 채 점점 더 이성을 잃어 간다.

오셀로는 원래 훌륭한 인품을 지닌 장군으로, 아내가 수많은 구혼자 중에서 그를 선택한 것도 그의 인품에 반해서였다. 오셀로 역시 명문가 출신의 아름다운 아내를 몹시 사랑했다. 전쟁터로 떠나야 했을 때도 아내와 함께 가게 해 달라고 원로원 의원들에게 애원했다. 아내 또한 "오셀로가 없는 힘든 시간을 견디기 어려우므로" 남편과 동행하기를 원했다. 그때 오셀로가 내세운 다짐을 들어 보자.

아내가 곁에 있다고 해서 중요한 내 임무를 소홀히 하지 않겠다. 사랑 때문에 판단력이 흐려지고, 방탕한 생활로 몸을 못쓰게 만들며, 쾌락을 즐기느라 임무를 소홀히 한다면 주부에게 내 투구를 밥 그릇으로 쓰게 하라.

스마트폰과의 사투

오셀로의 전쟁터를 교실에 빗댄다면 오셀로의 다짐은 스마트폰을 허가하라는 학생들의 육성으로 들린다. 오셀로에게 아내가 모든 순간을 함께해야 하는 존재였듯 지금의 학생들에게는 스마트폰이 결코 떼어낼 수 없는 존재이기 때문이다. 자기 자신과 동일시할 만큼 스마트폰에 의존하는 학생에게서 스마트폰을 압수한다면 그 학생은 '스마트폰 없는 시간'을 괴로워하며, 스마트폰을 사용하지 않을 테니 그냥 곁에 두기만이라도 해 달라고 애원할지 모른다. 또 학생들은 오셀로처럼 스마트폰이 옆에 있다고 해서 공부를 소홀히 하지 않을 것이며, 스마트폰 때문에 성적이 떨어진다면 스마트폰을 압수해도 좋다고 항변할지도 모른다.

2017년 국가인권위원회는 학교에서 학생들의 스마트폰을 수거하는 것에 대해 '통신의 자유를 침해'하는 것으로 결론 내렸다. 일선 학교에서는 학생, 학부모, 교사 모두의 의견을 반영해 '스마트폰 소지 규정'을 만들어 시행하고 있다. 스마트폰은 학교뿐만 아니라 가정에서도 부모와 자식 간의 갈등 요인이 되고 있다. 프랑스에서는 2018년 7월, 15세 이하 학생들이 스마트폰을 가지고 등교하는 것을 금지하는 법을 통과시켰다. 어느 나라든 기성세대는 대체로 스마트폰이 학습에 방해된다고 여기는 모양이다.

하지만 우리나라 청소년들에게 스마트폰은 이제 필수가 되었다. 청소년의 상당수가 스마트폰이 잠시라도 옆에 없으면 불안해할 만큼 스마트폰에 중독되어 있다. 스마트폰 금단 현상이 담배 금단 현상만큼 심각해서 스마트폰에 빠져 결석을 하거나, 스마트폰을 빠뜨리고 등교하면 다시 집으로 돌아가 갖고 오는 학생도 있다.

이러한 학생들 때문에 담임들은 날마다 곤욕을 치른다. 스마트폰을 수거하려는 교사와 어떻게든 사수하려는 학생 간에 신경전이 벌어지고, 교사는 1교시 수업을 시작하기도 전에 녹초가 되어 버린다. 스마트폰 수거 자체가 교사들에게는 과중한 업무가 되어 버렸다.

스마트폰 수거 중에 생기는 또 다른 문제는 배상 문제다. 스마트폰 수십 개를 수거했다가 돌려주다 보면 간혹 분실 사고가 생기는데, 그러면 해당 교사가 개인적으로 배상해 줄 수밖에 없는 상황이 종종 생긴다. 공적인 업무를 했는데 사적인 책임을 지게 되는 것이다. 실제로 스마트폰 분실에 대한 책임 여부를 두고 부모와 교사 간 분쟁이 심심찮게 발생한다.

다행히 교육부에서 '학교배상책임공제' 사업을 통해 스마트폰 배상에 대한 안전 장치를 마련했지만, 배상받기 위한 조건을 모두 충족하기가 좀 까다롭다. 학칙에 따라서 일괄적으로 수거 및 보관해야 하고, 보관 장소의 잠금 장치가 확실해야 하고, 수거 및 보관을 교사가 직접 해야 하고, 배상 신청 전에 학교 차원에서 충분한 조사를 해야 한다. 이런 번거로움을 감수하며 오늘도 교사와 학생들은 스마트폰을 사이에 두고 사투를 벌이고 있다.

스마트폰은 학습과 생활의 필수 도구

청소년들에게 스마트폰은 가장 손쉽게 이용할 수 있는 휴식과 놀이 도구다. 온라인 수업이 증가하고 있는 요즘 스마트폰은 유용한 학습 도구이기도 하다. 컴퓨터 사용이 여의치 않은 좁은 공간에서도 스마트폰만 있으면 인터넷 강의도 듣고 학습에 필요한 정보도 얻을 수 있다.

스마트폰이 더 이상 선택이 아닌 필수적인 용품이 되었다는 것은 코로나19 사태를 겪으며 입증되었다. 비대면으로 수업에 참여하고 과제를 제출해야 하는데 스마트폰 인터넷 연결이 안 되어 출석 인증을 못 한 일도 있었다. 물론 집집마다 인터넷 접속이 원활한 컴퓨터가 설치되어 있다면 좋겠지만, 여의치 않은 학생들은 지금도 스마트폰의 조그만 화면을 통해 수업에 참여하고 있다.

스마트폰은 자녀 안전 관리에도 유용한 도구가 되었다. 학교 수업이 끝나고 여러 군데의 학원에 들른 후 귀가하는 아이들에게 스마트폰이 없으면 부모가 더 불안해한다. 아이의 귀가를 확인할 때까지 시시때때로 전화해 안전을 확인해야 하기 때문이다. 심지어 학교에서 수업 시간 동안 스마트폰을 수거하면 부모가 교사에게 연락해 학생에게 스마트폰을 돌려주라고 부탁하기도 한다.

학부모들이 학교 행사나 알림 내용을 전달받는 통로도 스마트폰이다. 스마트폰 '단체 대화방'을 통해 다른 학부모들과 정보를 공유하기도 한다. 학생들은 단체 대화방 없이는 학교생활이 불가능할 정도다. 교사들이 과제를 비롯한 이런저런 공지 사항을 대화방을 통해 알리기 때문이다.

또 말로 생각을 표현하는 데 서툰 학생의 경우 스마트폰 문자 메시지가 대화를 이끌어 내는 좋은 수단이 된다. 스마트폰이 없었다면 혼자서 고민을 간직했을 아이도 SNS 등을 통해 마음을 열게 되는 경우가 많다.

생활 곳곳의 사회 서비스도 스마트폰 앱을 통해 이용할 수 있도록 시스템이 바뀌어 가고 있다. 대중 교통 승차권을 구입할 때, 가게에서 음식을 주문할 때, 관공서에서 서류를 신청할 때, 택배 물건을 부칠 때 등등 일상의 수많은 일이 스마트폰이 있어야만 신속히 처리할 수 있게 되었다.

스마트폰의 폐해

스마트폰은 유용한 면이 많은 만큼 그 폐해도 크다. 스마트폰 사용으로 전자파에 과다하게 노출되면 뇌와 신경조직 발달에 장애를 일으키며, 스마트폰의 다양한 앱을 통해 음란물이나 불법 도박 사이트에 노출될 확률도 크다. 유용한 학습 도구인 스마트폰이 불법 사행성 범죄로 이끄는 플랫폼 역할을 하는 셈이다. 호기심으로 그런 사이트에 들어갔다가 점점 깊이 빠져들기도 하고, 통신 요금 폭탄을 맞아 아르바이트에 나서는 등 2, 3차 피해로 이어질 수도 있다.

또 아무리 공부에만 집중하려고 해도 스마트폰이 옆에 있으면 그러기가 쉽지 않다. 시시때때로 문자 알림음이며, 앱 알림음이 울리고 전화가 걸려 온다. 친구들끼리 서로 공부에 집중하자며 연락하지 말자고 약속하더라도 언제 어디서 무슨 내용이 스마트폰으로 날아올

지 알 수 없다. 설령 스팸 문자라 해도 확인하지 않고는 궁금해서 참을 수가 없다. 친구와 간단히 용건만 주고받으려고 문자를 보냈다가 저도 모르게 긴 대화로 이어지기도 한다.

학교 폭력이 스마트폰 안에서 24시간 벌어지고 있다는 것도 큰 폐해다. 그것도 단지 '장난'으로, 또는 '화풀이' 삼아 누군가를 일방적으로 비방하는 경우가 많다. 사이버상의 비방 글은 매우 빠른 속도로 멀리까지 전파된다. 게다가 비방 글은 대부분 익명으로 올리기 때문에 주동자를 찾기가 매우 어렵고, 그 사이버 폭력의 피해자는 더더욱 억울할 수밖에 없다.

스마트폰 폐해의 수위는 점점 높아지고 있지만, 청소년에게 스마트폰을 금지할 것인가, 허락할 것인가에 대한 고민은 이미 과거의 고민이 되었다. 이제는 스마트폰의 폐해를 최대한 줄이고 좀 더 효율적으로 사용하는 방법을 찾아 가는 게 우리 모두의 과제다.

사고력을 높이는 끝장 토론 💬

1. 스마트폰이 학습에 긍정적인 영향을 주는 사례를 찾아보자.
2. 스마트폰은 개인의 상상력과 창의력 발달에 걸림돌이 될까?
3. 학교에서 수업 시간에 스마트폰을 수거하는 것은 정당한 일일까?

**또 다른
이야기**

셰익스피어의
'스웩'

한 언어의 위상은 그 언어가 몇 개의 어휘를 갖고 있는지에 따라 크게 좌우된다. 그런 면에서 셰익스피어는 영어의 위상을 높이는 데 크게 일조했고, 이것이 영국인들이 그를 위대한 작가로 떠받드는 이유 중 하나다.

셰익스피어는 500년 전에 오늘날까지도 흔히 쓰이는 단어를 약 2,000개나 만들었다. 우리나라로 치면 임진왜란 시기의 조선인이 지금까지도 사용하는 우리말 단어를 2,000개나 만든 셈이다. 셰익스피어가 만든 대표적인 단어로는 addition추가, bedroom침실, belongings재산, champion우승자, fashionable유행하는, gossip소문, hint암시, successful성공적인, swagger건들거리다 등이 있다.

여기서 마지막 단어 swagger가 바로 힙합 용어로 알려진 '스웨그swag' 또는 '스웩'의 원형이다. 지금은 스웨그가 자기만의 개성적이고 자유분방한 표현을 가리키는 용어로 널리 쓰이고 있다.

올더스 헉슬리의 소설《멋진 신세계》의 원 제목인 'Brave New World'도 셰익스피어가 만들어 낸 어구다. 영어권뿐만 아니라 우리나라에서도 흔히 사용하는 '사랑에 눈이 멀다[Love is blind]'도 셰익스피어가 처음 사용한 표현이다.

셰익스피어는 새로운 단어와 구를 만든 한편, 영어의 특징 중 하나인 '명사의 동사화' 용법을 일반에 널리 알리는 데 기여했다. 예를 들면 추문[gossip]이라는 명사는 셰익스피어 시대 이전에도 있었지만, 이 단어를 '험담하다'라는 동사로도 사용한 것은 셰익스피어가 처음이었다. 영어는 셰익스피어 덕분에 더 풍부하고 유연한 언어가 되었다. 셰익스피어의 '스웩'이 아닐 수 없다.

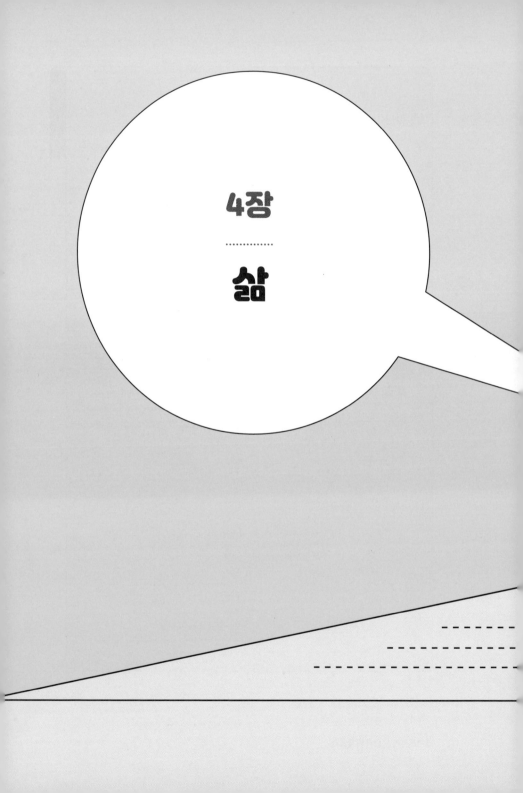

4장

삶

고민을 숨겨야 할까, 알려야 할까?

《스케치북》 워싱턴 어빙

《스케치북》1819은 미국의 수필가이자 소설가인 워싱턴 어빙Washington Irving, 1783~1859이 쓴 30여 편의 수필과 단편 소설을 묶어 놓은 책이다. 여기에 실린 단편 소설 〈립 밴 윙클〉은 미국 단편 소설의 시초 작품으로 유명하다. 그 내용은 아내의 잔소리를 피해 산속에 놀러 갔다가 술에 취해 잠들었는데, 깨어나 보니 20년의 세월이 지나 있었다는 이야기다.

《스케치북》에 수록된 작품 〈아내〉에는 모두가 부러워할 만한 부유하고 행복한 부부가 등장한다. 남편은 아내가 호화로운 여가 생활을 즐기며 동화 속 공주처럼 행복하게 살 수 있도록 최대한 지원해 준다. 그는 공개적인 공간에서도 황홀에 빠진 눈으로 아내를 바라보고, 아내는 포근한 미소로 화답한다. 그 미소에는 오직 남편에게만 사랑받고 싶어 하는 마음이 담겨 있다.

이 행복이 언제까지나 계속될 거라 믿었지만, 이 부부에게도 시련은 찾아왔다. 남편이 전 재산을 사업에 투자했다가 거의 무일푼이 되고 만 것이다. 남편은 아내에게 이 사실을 숨기려고 한다. 여유롭게만 살았던 아내가 난생처음 겪게 될 가난을 어떻게 받아들일지 두려웠다. 자신에게 실망할 아내의 모습은 상상도 하고 싶지 않았다. 그는 실직 사실을 숨기기 위해서 매일 정장 차림으로 집을 나서며 거짓 웃음까지 짓는다.

아내는 남편이 간간이 보이는 한숨과 미묘한 표정 변화를 보고 무슨 좋지 않은 일이 생겼다는 걸 직감한다. 남편을 지극히 사랑하는 그녀는 애써 밝고 다정하게 남편을 대한다. 남편은 그러한 아내가 오히려 부담스럽다. 더 이상 행복해하지 않을 아내를 상상하기만 하면 너무나 고통스러웠다. 참다 못한 남편은 친구인 워싱턴 어빙을 찾아가 조언을 구한다.

고민을 숨기고 싶은 마음

세상을 살다 보면 누구나 생각지 못한 고민과 역경을 맞닥뜨리게 된다. 자신은 지금까지 어떤 고민을 겪어 봤는지, 아니면 지금 어떤 고민과 마주해 있는지 생각해 보자. 혹시 친구들에게 따돌림을 당해 끙끙 앓고 있지는 않은가? 아니면 스마트폰 요금이 갑자기 너무 많이 나와서, 가출한 친구를 도와주지 못해서, 미술 학원에 다니고 싶은데 집안 형편상 다닐 수가 없어서, 또는 날마다 다투는 부모님 때문에 고민하고 있지는 않은가?

청소년들은 상대적으로 경험이 부족한 만큼 조그만 문제에도 크게 두려워하며 고민에 빠지기 쉽다. 자신에게 돌아올 질책과 처벌이 두렵기도 하고, 이 문제 때문에 자신에게 평생 불명예의 꼬리표가 따라다닐까 봐 우울에 빠지기도 한다. 고민을 솔직히 털어놓았다가 크게 실망할 부모님의 모습도 두렵고, 자신 때문에 괴로워할 가족들을 생각하니 죄책감도 든다. 그래서 가급적 혼자서 고민을 떠안으려고 한다. 괜히 고민을 털어놓아서 여러 사람 힘들게 만드느니, 고민을 숨겨 두면 아무 일도 없었던 것처럼 살아갈 수 있을 거라고 생각하기도 한다.

〈아내〉의 남편도 마찬가지였다. 그의 고민은 곪고 곪아서 더 이상 견딜 수 없는 지경에 이르렀다. 버티다 못해 찾아간 워싱턴 어빙은 그에게 어떤 말을 해 줬을까? 어빙은 아내가 이 사실을 남편이 아닌 다른 사람에게 듣게 된다면 더 큰 상처를 받을 것이라고 말한다. 더욱이 아내는 남편의 고민을 받아들일 마음의 준비가 되어 있는데 남편이 끝내 숨긴다면 그것은 아내의 따뜻한 손길을 거절하는 셈이라고 말해 준다.

누구에게 고민을 이야기할까?

고민하던 문제를 주변에 털어놓아 본 경험이 있는 사람은 잘 알 것이다. 사실상 문제가 해결되지 않더라도 남들과 고민을 나누고 나면 마음이 한결 가벼워진다. 문제를 적극적으로 해결해 나갈 의지와 용기도 샘솟게 된다. 〈아내〉의 남편도 어빙에게 조언을 구한 후 아내에게 고백할 용기를 얻게 된다. 아내는 차분히 그 현실을 받아들였으며 부부는 시골의 조그마한 집에서 행복한 삶을 이어 간다.

물론 현실에서는 이렇게 동화 같은 결말이 기다리고 있다고 보장할 수 없다. 다만 고민을 털어놓는다는 것은 내가 상대를 믿고 의지하며 사랑한다는 증거다. 만일 〈아내〉의 남편이 계속 고민을 숨겼다면, 워싱턴 어빙도 조언했듯이 아내는 씻을 수 없는 상처와 실망감을 안고 살았을지 모른다. 만일 자식이 혼자서 고민을 안고 끙끙 앓고 있었다는 걸 부모가 알게 된다면 어떨까? 부모는 자식이 부모를 믿지 못해서 고민도 털어놓지 못했구나 하는 생각에 더욱 실망하고 자책하며 가슴 아파할 것이다.

고민이 있을 때 부모를 찾는 청소년은 사실상 많지 않다. 대부분의 청소년이 부모나 교사보다 친구를 가장 먼저 찾는다고 한다. 그 이유는 어른들은 자신의 마음을 진정으로 공감해 주지 못한다고 생각하기 때문이다. 물론 친구에게 고민을 털어놓아서 해결할 수 있다면 좋겠지만, 그 정도로는 해결하기 힘든 고민도 많다. 부모나 교사와 상담하고 싶어도 여건상 그러기가 힘든 경우도 많다.

그런 청소년들을 위한 마련된 곳이 청소년 상담 센터다. 청소년의 고민은 점점 더 다양해지고 심각해지고 있다. 학교 폭력, 성폭력, 약물 중독, 인터넷 중독, 우울증, 따돌림 등 부모도 해결하기 힘든 문제들이 많다. 청소년 상담 센터에서는 청소년들이 겪을 수 있는 각종 문제와 관련해 전문 상담원들이 언제나 열린 마음으로 기다리고 있다. 사이버 상담 센터도 있으니 그 문을 두드리기는 더욱 쉬울 것이다.

평생 고민을 껴안고 살아가는 사람들

상담 센터라고 해서 모든 고민을 해결해 주는 것은 아니지만, 이런 사회 시설이 드물었던 과거에는 혼자서 고민을 안고 살아가는 사람이 많았다.

예를 들면 어릴 적 성폭력을 당했는데 범인이 누구인지 알면서도 창피하다는 생각에 아무에게도 말 못 하고 평생 가슴에 묻어 두었다는 여성들이 있다. 심지어 어머니에게 털어놓더라도 보수적인 사회 분위기 때문에 어머니가 오히려 딸의 입단속을 시키는 경우도 있었다. 과거에는 문제시해 봐야 해결되기는커녕 오히려 피해자만 더 상처받는 경우가 많았기 때문이다. 그런 여성들도 이제 여성 인권 단체 등의 도움을 받아 하나둘 목소리를 내고 있지만, 여전히 긁어 부스럼을 우려해 평생의 한으로 안고 살아가는 사람도 많다.

보수적인 사회 분위기 때문에 고민을 숨기고 살아가는 사람들 중에는 사회적 소수자가 많은 편이다. 예를 들어 남성의 몸을 타고났는데 정신적으로는 여성인 사람이 있다고 하자. 사회적 편견과 부모의 기대를 거스르지 못해 여성과 결혼해서 아이까지 낳기도 한다. 평생 정체성을 숨기고 고통스럽게 살아간다면 그는 가족들에게 고민을 털어놓아야 할까, 말아야 할까? 자신의 성 정체성을 솔직히 알리고 새로운 삶을 찾아가야 할까, 평생 혼자서 고통을 껴안고 살아야 할까?

고정관념은 차별을 낳고 상대로 하여금 마음의 문을 닫게 만든다. 고민을 솔직히 나누고 건강하게 해소하는 사회를 만들려면 차별적인 시선부터 거둬야 하지 않을까?

사고력을 높이는 끝장 토론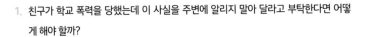

1. 친구가 학교 폭력을 당했는데 이 사실을 주변에 알리지 말아 달라고 부탁한다면 어떻게 해야 할까?

2. 친한 친구 사이에는 어떤 고민이든 숨기지 말고 털어놓아야 할까?

미국 문학의
개척자

워싱턴 어빙은 너새니얼 호손, 헨리 롱펠로, 에드거 앨런 포, 허먼 멜빌 등에게 영향을 끼친 미국 문학의 개척자이자 선구자다. 19세기의 미국은 물질주의가 만연했는데, 어빙이 《스케치북》을 발표함으로써 문학의 물결로 바꾸었다는 평을 받는다. 더욱이 그 당시 문필가들은 아메리카 원주민에 대한 미국인의 박해를 정당화하려고 애썼는데, 어빙은 그 박해를 비판하고 원주민들의 비참함을 고발했다는 점에서 더욱 돋보인다.

어빙은 여행을 하며 수집한 민담과 전설을 문학 작품으로 탄생시키기도 했는데, 《스케치북》에 실린 〈립 밴 윙클〉과 〈슬리피 할로의 전설〉이 대표적이다. 〈슬리피 할로의 전설〉은 18세기 뉴욕의 마을에 나타나는 귀신에 대한 이야기로, 지금까지 드라마나 영화로 만들어진 게 19편이나 된다. 2000년 개봉한 팀 버턴 감독의 영화 〈슬리피 할로〉가 특히 유명하다.

당장 필요한
책만 사야 할까?

〈애서광 이야기〉 귀스타브 플로베르

어떤 고전일까?

〈애서광 이야기〉1836는 《보바리 부인》의 작가 귀스타브 플로베르Gustave Flaubert, 1821~1880가 열다섯 살 때 쓴 단편 소설이다. 남들이 갖고 있지 않은 책을 소유함으로써 희열을 느끼는 '애서광' 또는 '서적광'에 관한 이야기로, 종이책 수집가들의 영원한 고전이다.

영국의 한 부유한 장서가는 자신이 세상에 단 한 권밖에 없는 희귀본을 갖고 있다며 자랑스러워했다. 그러던 어느 날 파리의 한 장서가가 자신의 희귀본과 똑같은 책을 소장하고 있다는 사실을 알게 된다. 영국 장서가는 당장 거금을 챙겨 들고 파리의 장서가를 찾아가 그 책을 팔라고 애원한다. 파리의 장서가도 만만찮은 인물이었다. 그는 영국 장서가가 책 값을 여러 번 올려 불러도 계속 거절한다.

마침내 거절하기 어려운 엄청난 금액이 제시되자 파리 장서가는 그 책을 건넨다. 영국 장서가는 책을 손에 넣고 뿌듯하게 바라보더니 벌겋게 타오르는 벽난로에 던져 버렸다. 파리 장서가가 화들짝 놀라자 영국 장서가는 이렇게 말한다.

지금까지 나는 이 책이 세상에 단 한 권뿐이고 나만 이 책을 갖고 있는 줄 알았소. 당신이 이 책을 갖고 있다는 사실을 알고 몹시 괴로웠소. 이제 당신 책이 세상에서 없어졌으니 다시 내 책은 세상에서 한 권밖에 없는 책이 되었소.

이 이야기는 플로베르가 〈애서광 이야기〉를 쓰며 곁가지로 덧붙인 아주 짧은 글로, 책에 대한 애착이 거의 광적인 상태에 도달한 인물의 모습을 보여 준다. 〈애서광 이야기〉의 본격적인 내용인 다음의 이야기 역시 마찬가지다.

세상의 유일본을 소장한다는 기쁨

〈애서광 이야기〉에는 헌책방 주인 갸코모가 등장한다. 그에게 책은 유일한 이상이고 애인이며 위로였다. 그는 날마다 최소한의 잠과 식사 외에 온종일 책만 껴안고 산다. 귀한 책을 찾는 손님이 오면 그 책이 없다고 거짓말을 하고, 집요한 손님의 돈 다발 공세에 굴복해 책을 팔고 나서는 뒤늦게 후회하기도 한다. 희귀본을 소장한 사람이 세상을 떠나서 그 책이 경매에 나오면 소장했던 이의 죽음을 찬양하기도 한다.

그런 갸코모에게 경쟁자가 나타난다. 갸코모 이상으로 책 욕심을 자랑하는 사람이었다. 둘은 세상에 단 한 권밖에 없는 희귀본을 두고 경매에서 다툰다. 하지만 승리는 돈 많은 경쟁자에게 돌아가고, 갸코모는 실의에 빠진다.

어느 날 갸코모에게 신나는 일이 생겼다. 경매에서 희귀본을 낙

아 간 경쟁자의 집에 불이 난다. 갸코모는 불이 활활 타는 집에 사다리를 타고 들어가 희귀본을 찾아냈고, 발작이라도 일으킨 듯 기뻐 날뛰며 집으로 돌아온다. 한동안 희열에 젖어 지내던 그에게 난데없는 시련이 닥친다. 경쟁자의 집에 일부러 불을 질러 희귀본을 훔쳐 냈다는 혐의가 그에게 씌워진 것이다. 재판정에서 검사는 엄벌을 주장했고, 변호사는 그 희귀본이 사실은 세상의 유일본이 아니라며 또 한 권의 같은 책을 증거로 제출한다. 그러자 갸코모는 절규한다. 자신이 손에 넣은 희귀본이 단 한 권뿐인 책이 아니었다는 사실에 절망한다.

그는 사형을 선고받았지만 자신이 스페인에서 최고의 장서가로 생을 마감한다는 사실에 뿌듯해한다. 다만 그 희귀본이 세상의 유일본이 아니라는 사실은 죽는 순간까지도 참을 수가 없었다. 그래서 변호사가 증거로 사용한 책을 넘겨 받은 다음 찢어 없애 버렸다.

책을 사고 또 사는 사람들

애서가 중에는 갸코모처럼 극단적인 정도는 아니더라도 보통 사람으로서는 이해되지 않는 행동을 하는 사람들이 있다. '시간 나면 읽어야지' 하며 당장 읽지도 않을 책을 사는 경우는 가장 평범한 사례다. 자신의 서재에 이미 있는 책인지도 모르고 똑같은 책을 또 사거나, 분명히 서재에 있는 책이라는 걸 알면서도 서재를 뒤지기가 귀찮아 다시 사 버리기도 한다. 단순히 표지가 예뻐서 사기도 하고, 똑같은 책을 한국어판, 영어판, 일어판 등 각 언어 판본별로 사 모으기도 한다.

이렇게 수시로 책을 사들이다 보면 금전적인 손해가 나는 것은 물론이고, 구입한 책을 꼼꼼히 읽기도 여의치 않게 된다. 이런 점을 우려해 책을 살 때 꼭 한 권씩만 사는 사람도 있다. 아이들에게 독서를 권하겠다고 수십 수백 권짜리 전집을 사 주는 건 오히려 독서를 방해할 뿐이다. 책에 대한 부담감만 안게 되고 책 한 권의 소중함도 잃게 되기 때문이다.

그래도 책에 대한 적당한 욕심은 분명 '실'보다는 '득'이 크다. 가령 영문법 기초가 부족한 학생은 한 가지 문법책만 보기보다 몇 가지 문법책을 사서 두루 공부하는 게 좋다. 특히 영문법 시제는 워낙 까다로워서 한 가지 책만 봐서는 잘 이해되지 않는다.

물론 이는 교과 학습에만 해당하는 게 아니다. 똑같은 사건이나 현상에 대해서도 학자마다 바라보는 시각이 다르므로 그 내용을 글로 풀어 가는 방식도 다르다. 따라서 여러 저자의 책을 통해 지식을 습득할수록 좀 더 유연하고 논리적인 사고로 자기만의 식견을 쌓아갈 수 있다.

여러 판본으로 나온 고전 읽기

학생부 독서 활동란이 최근의 베스트셀러로만 채워져 있다면 대학 입학 사정관들에게 좋은 인상을 주기 어렵다. 베스트셀러는 남들도 다 읽는 책인 만큼 책에 대한 자기만의 안목을 드러내기가 쉽지 않기 때문이다. 앞으로는 베스트셀러보다 고전으로 독서 활동란을 채워 보자.

고전은 청소년들이 접근하기 쉬운 책은 아니다. 집필된 당시의 역사와 사회 문화적 배경을 알아야만 이해할 수 있는 고전도 많다. 고전은 그 배경 지식을 찾아보며 여러 번 읽는 것이 좋다. 가급적이면 한 가지 판본을 반복해 읽기보다 여러 번역가의 판본을 구해 읽는 것이 좋다. 그래야 각 판본의 책 모양새를 비교해 보는 재미도 있고, 똑같은 외국어 문장을 번역가마다 달리 표현한 문장을 비교해 보는 즐거움도 있다. 그러다 보면 좋은 번역문과 나쁜 번역문을 구별하는 안목도 생긴다.

나아가 책에 대한 취향이 생겨서 스스로 책을 보고 고르고 싶은 마음이 들게 된다. 서점에 가서 이 책 저 책 구경하다 보면 어느새 자신도 '청소년 애서가'가 되어 당장 읽지도 못할 책을 사게 될지도 모른다. 급기야 자신의 방 책장이 한 권 한 권 사들인 책들로 채워지게 될 것이다. 청소년 시절에 사 모은 책들은 미래의 희귀본 수집가에게 큰 자산이 된다. 30대가 되면 다른 수집가들이 못 구해서 안달인 희귀본이 자신의 책장 한켠에 자리 잡고 있을지 모른다.

틈틈이 책을 사는 것은 창의력을 차곡차곡 쌓아 가는 것과도 같다. 발표를 위해 창의적인 발상이 필요하다면 그동안 사 모은 책을 뒤적거려 보자. 저도 모르게 번쩍하는 발상이 떠오를 것이다. 자신이 구입한 책에는 그 책을 고르고 뒤적거리며 했던 많은 생각이 간직되어 있기 때문이다.

사 온 책을 가볍게 들춰 보며 마음에 드는 문장을 메모해 두는 것도 좋은 습관이다. 명문장을 만들어 내겠다고 머리를 쥐어짜기보다 메모해 둔 문장을 자신의 상황에 맞게 고쳐 써 보자. 그런 습관을 지속하다 보면 어느새 누구보다 창의적인 글을 쓸 수 있게 될 것이다. 모방은 제2의 창작이라는 사실을 기억하자.

사고력을 높이는 끝장 토론 💬

1. 책은 혼자 읽는 것이 좋을까, 다른 사람과 함께 읽는 것이 좋을까?

2. 미래에는 전자책만 남고 종이책은 사라질까?

음식과 책에 대한
허기

플로베르의 소설 속 인물들은 꽤 많이, 자주 먹는다.《보바리 부인》의 결혼 피로연 장면이나《감정 교육》의 사교계 저녁 식사 장면에서 그런 모습을 볼 수 있다. 마치 '글로 읽는 먹방'을 감상하는 기분이 들기도 한다.

플로베르의 인물들은 음식만이 아니라 책에 대한 '허기'도 강한 편이다.《보바리 부인》에 등장하는 엠마만 해도 수녀원에서 소설에 탐닉한다. 미완성 소설인《부바르와 페퀴셰》에는 플로베르의 책 욕심이 고스란히 담겨 있다. 플로베르는 이 소설을 쓰기 위해서 1,500권 이상의 전문 서적을 읽었다고 한다. 소설 속 두 주인공 역시 농업, 과학, 역사, 철학 등 당시의 모든 학문에 관한 전문 서적을 읽고 토론을 벌인다.

〈애서광 이야기〉는 우연히 나온 소설이 아니다. 책에 대한 작가의 사랑과 욕심을 등장인물을 통해 드러낸 것으로 보인다.

돈과 명예가 행복을 안겨 줄까?

《이반 일리치의 죽음》
레프 니콜라예비치 톨스토이

어떤 고전일까?

《이반 일리치의 죽음》1886은 19세기 러시아 문학의 대가 레프 니콜라예비치 톨스토이|Lev Nikolaevich Tolstoy, 1828~1910의 소설이다. 이반 일리치라는 한 남자의 죽음을 통해 보여 주는 인간 심리 묘사가 극에 달했다는 평가를 받는다. 이 작품만으로 톨스토이를 위대한 작가이자 위대한 사상가라고 결론 내릴 수 있을 만큼 빼어난 작품이다.

이 소설의 주인공 이반 일리치는 누구보다 큰 야망을 품은 남자였다. 상류 사회에 단단히 발을 딛고 호화롭게 살고 싶었다. 그런 삶을 꿈꾸며 선택한 직업은 법조인이었다. 고등 법원 판사가 된 이반 일리치는 신중하고 엄격한 일 처리로 많은 사람에게 신망과 존중을 받았다. 사교 생활에서도 신사적이면서 기지 넘치는 모습으로 많은 인기를 얻었다. 조신하고 아름다운 명문가의 아가씨를 만나 결혼도 하고 달콤한 신혼 생활을 이어 갔다. 아내가 임신하기 전까지는 말이다.

임신을 한 아내는 자주 신경질을 내고 트집을 잡았다. 상냥한 이반 일리치는 지혜롭게 그 위기를 벗어나 보려고 노력했지만 시간이 갈수록 아내는 더욱 포악해졌다. 지쳐 가던 이반 일리치는 결국 결혼 생활에 대한 기대와 환상을 접기로 한다. 결혼 생활이란 그저 의식주를 해결하는 곳일 뿐이라고 생각하고, 앞으로는 일에만 충실하기로 한다.

그 후 자식이 연이어 태어나고 아내와의 불화는 더욱 심해졌다. 그사이 이반 일리치는 뛰어난 실력으로 승진을 거듭하며 누구나 부러워할 만한 직위에 높은 연봉까지 얻었다. 그토록 원하던 권력을 누릴 수 있었고, 그의 삶에 즐거움은 일뿐이었다.

그러다 이사를 준비하면서 신혼 시절처럼 다정한 부부 사이를 회복하게 된다. 그러나 그것도 잠시, 이반 일리치가 원인 모를 통증을 앓게 되면서 부부 사이는 또 멀어진다. 아무리 병원을 다니고 약을 복용해도 병세는 악화되기만 했고, 급기야 그는 자신이 죽음을 피할 수 없으리란 사실을 의심하지 않게 된다.

성공을 향해 달려온 삶

대부분의 사람은 죽음을 자신과 상관없는 일로 여기며 살아간다. 이반 일리치도 마찬가지였다. 오랫동안 병을 앓으면서도 자신이 죽게 된다는 사실을 인정하지 않았다. 그는 누구보다 성실히 일했고, 누구보다 뛰어난 실력을 발휘해 인정을 받았으며 돈과 명예를 거머쥐었다. 그의 삶은 많은 사람이 도달하기를 갈망하는 '성공적인 삶'이었고, 많은 부모가 자식들에게 가르치는 '가치 있는 삶'이었다. 그런 삶을 살아온 자신이 벌써 죽게 된다니 도무지 받아들일 수 없는 현실이었다.

'도대체 왜, 무엇 때문에 이 끔찍한 일을 겪어야 한단 말인가.'

아무리 생각해도 그는 해답을 찾을 수 없었다. 결국 자신이 제대로 살지 못했기 때문이라는 생각이 자꾸만 들었지만, 그는 즉시 자신의 삶은 올바르고 정당했다고 항변하며 그 이상한 생각을 털어내 버렸다.

그는 죽음이 눈앞에 다가올 때까지도 이렇게 자신에 대해 항변한다. 그런 그를 두고 아내와 딸은 공연을 보겠다고 외출해 버린다. 가족도, 주변 사람도 그가 죽음에 임박했다는 걸 알면서도 그를 진정으로 이해하려고 애쓰는 사람이 없었다. 그가 이루어 놓은 '성공'은 죽음 앞에서 더 이상 그의 편이 아니었다.

이반 일리치는 마침내 죽음을 받아들이고 자신이 살아온 길을 되돌아본다. 성공과 출세를 위해 달려온 길이 사실은 산을 오르는 것이 아니라 꾸준히 인생길을 내려온 것이었음을 깨달으며, 인생에서 중요한 것이 무엇인지 생각해 보게 된다.

직장 동료들에게 이반 일리치의 죽음은 새로운 인사이동에 대한 기대감을 안겨 줄 뿐이었다. 아내 역시 장례 기간 동안 비통해하기보다 국가의 보상금을 탈 궁리를 한다. 그의 죽음에 대해 초연한 것은 자식들도 마찬가지였다. 이반 일리치는 일에만 충실한 남편이자 아버지였다. 그에게 가정은 그저 의식주를 해결하는 하숙집과도 같았다. 숨을 거두기 직전 그는 가족에게 용서해 달라고 말했지만, 기력이 쇠한 나머지 그 말은 "나가 버려"라는 소리로 들린다. 죽는 순간까지 그는 가족에게 마음을 전하지 못한 불행한 인물이었다.

돈을 좇는 사이 달아나 버린 가족의 행복

이반 일리치 덕분에 가족들은 상류 사회의 호화로운 생활을 누릴 수 있었다. 이반 일리치는 비록 안타까운 나이에 생을 마쳤지만, 그가 일궈 놓은 재산과 명예는 남은 가족들의 삶을 지켜 주었을 것이다.

그러나 일에만 몰두했던 이반 일리치는 가족에게서 행복을 얻지 못했다. 가족들 역시 그를 냉대했고, 단지 '돈 벌어다 주는 기계'로 여겼을지 모른다. 이반 일리치가 죽음에 이르기까지 가족들에게 외면받았다는 점에서 독자들은 돈과 명예의 부질없음을 깨달을 것이다. 그렇다고 해서 당장 돈과 명예에 등 돌리고 '행복'을 향해 돌아앉을 수 있는 것도 아니다. 돈과 명예를 포기한다고 해서 행복이 굴러 들어오는 게 아니기 때문이다. 그런 면에서 이반 일리치를 가정 생활에 불성실한 '나쁜 가장'이었다고 비난할 수만은 없다.

다음과 같은 질문을 떠올려 보자.

"자식으로서 아버지를 선택할 수 있다면, 이반 일리치와 같은 아버지를 선택할까, 아니면 경제력은 바닥이지만 늘 가족과 함께하는 아버지를 선택할까?”

"결혼을 한다면 가정적이진 않지만 돈과 명예가 있는 배우자를 선택할까, 가정적이지만 경제력 없는 배우자를 선택할까?”

이런 질문 앞에서 어느 한쪽을 자신 있게 선택할 수 있는 사람은 드물 것이다. 이는 곧 경제력이 우리가 삶을 꾸려 가는 데 매우 큰 영향을 미친다는 의미다. 이반 일리치처럼 한 집안의 가장이라면 경제력에 대한 책임과 부담감이 막중할 수밖에 없다. 그래서 가장들은 아침마다 직장이라는 전쟁터로 나간다. 성과를 올려야만 봉급도 올라 가족이 좀 더 풍족하게 살 수 있으니 하루하루 치열하게 일한다. 그러다 보면 어느새 가정일에 소홀해지게 된다. 부부 중 한 사람만 직장에 다닌다면 그나마 낫겠지만, 부부 모두 직장 생활을 한다면 문제는 더욱 커질 수 있다.

예를 들어 공부 잘하는 모범생 자식을 둔 부모가 있다고 하자. 부모는 부지런히 일하며 돈을 벌고 자식이 초등학교를 졸업하자 해외로 유학을 보냈다. 유학비를 충당하려니 부모는 더더욱 돈을 버는 데 매달렸다. 부모의 바람과는 달리 아이는 유학 생활에 적응하지 못한 채 우울증에 걸려 돌아온다. 아이는 그동안 부모가 실망할까 봐 외로움을 숨기고 열심히 공부하는 모습만 보여 줬던 것이다.

부모가 모두 경제 활동을 하는 가족이 늘어나면서 이런 사례는 심심치 않게 볼 수 있다. 자식을 위해 희생한답시고 열심히 일하는 사이 부모의 관심에서 멀어진 아이가 잘못된 길로 들어서는 경우도 많다. 부모는 뒤늦게야 아이의 상태를 알게 되고 그동안 돈에만 매달렸던 삶을 후회하게 된다.

그런 문제의 영향인지 요즘에는 '좋은 아버지가 되려는 사람들의 모임'이라는 단체도 있다. 예전에는 자녀 교육을 포함한 가정일을 어머니 몫으로만 여겼는데, 그런 보수적인 사고에서 벗어나 아버지들도 가정일에 적극 참여하자는 취지다. 만약 이반 일리치가 이런 단체에 참여했다면 돈과 명예, 그리고 가족의 행복까지 얻을 수 있었을까?

행복한 삶을 위한 진로 선택

모든 사람이 자신이 좋아하는 일을 하며 돈을 벌고 행복하게 살아갈 수 있다면 얼마나 좋을까? 하지만 돈, 명예, 행복을 모두 쟁취하기는 세 마리 토끼를 쫓는 것만큼 어려운 일이다.

2020년 UN의 〈세계 행복 보고서〉에 따르면 우리나라 국민의 행복지수는 세계 156개국 중 61위다. 세계 11위^{2019년}라는 경제 규모에 비하면 턱없이 낮은 수준이다. 그리고 행복지수를 산출한 여러 지표 중 '생애 선택 자유' 수준은 140위다. 삶의 길을 스스로 선택할 수 있는 자유가 거의 꼴찌 수준이다. 실제로 많은 사람이 자신이 하고 싶은 일을 자유롭게 선택하기보다 경제적 가치에 얽매여 직업을 선택한다. 어렵사리 취업에 성공해 높은 연봉을 받으면서도 그만큼 성과를 올려야 하니 하루하루가 고달프다.

반면에 '생애 선택 자유'에서 상위 5위권에 드는 핀란드와 덴마크는 국가별 행복지수에서 각각 1, 2위를 차지했다. 핀란드와 덴마크 사람들은 직업을 선택할 때 '내가 이 일을 즐겁게 할 수 있을까?'를 가장 먼저 고려한다고 한다. 국가가 보장해 주는 사회적 지원 수준이 높기 때문에 소득의 높고 낮음은 개의치 않는다고 한다.

사회적 지원 수준은 차치하고 여기서 우리가 알 수 있는 것은 소득 수준과 상관없이 일이 즐거울 때 행복지수가 높다는 것이다. 즐겁게 일하기 위해서는 무엇보다 자신의 취미와 재능, 관심 분야에서 능력을 키우고 그에 맞는 일을 찾는 게 중요할 것이다.

사고력을 높이는 끝장 토론 💬

1. 자녀 입장에서 어떤 부모가 좋은 부모일까?

2. 진로를 선택하는 데 가장 중요하게 생각해야 할 가치는 무엇일까?

통합 교육을 이끈
톨스토이

〈사람은 무엇으로 사는가〉와 〈바보 이반〉은 톨스토이가 일반 민중을 위해 쓴 교육 동화로, 인간의 탐욕을 비판하고 정직과 성실, 선한 마음을 강조한 내용이다. 톨스토이는 소설을 쓰는 한편 가난한 농민의 아이들을 위해 교육에도 힘쓴 '행동하는 지식인'이었다.

그는 고향에 '야스나야폴랴나 농민 학교'를 세우고 언어, 수학, 종교, 역사, 지리, 예술 등을 가르쳤는데, 모든 과목을 연계해서 가르치는 일종의 통합 교육을 했다. 루소의 교육 이론에 영향을 받은 그는 주입식 교육에 대한 비판 등 자신의 교육관을 잡지에 싣기도 했다. 그는 역사적 사건과 인물에 관한 연도를 기계적으로 외우는 것에 반대했으며, 획일적인 교육이야말로 아이들의 창의력과 개성을 망가뜨린다고 했다. 또 학교에서 가르쳐야 할 것은 이론적, 추상적인 것이 아니라 실제 생활의 경험을 바탕으로 한 내용이어야 한다고 주장했다. 그는 《초보 독본》이라는 교과서를 직접 집필해 학교에서 사용하기도 했다.

이후 야스나야폴랴나 농민 학교는 농민과 귀족의 평등한 교육을 비난하는 귀족들의 반발로 폐교되었다. 그러나 오늘날 톨스토이의 교육 이념을 계승한 '톨스토이 학교'가 러시아 전역에 거의 100개 정도 설립되어 있다. 이들 학교에서는 톨스토이의 이념을 살려 아이들 각자의 개성과 재능을 존중한 교육을 펼치며, 무용이나 연극 등 동아리 활동도 중요시한다. 오늘날 우리나라의 대안 학교에서도 톨스토이의 교육관을 추구하는 면이 많다.

꼭 날씬해야 할까?

《히포크라테스 선집》 히포크라테스

어떤 고전일까?

기원전 4~5세기에 걸쳐 살았던 히포크라테스Hippocrates는 고대 그리스 의학을 화려하게 장식했다. 인간의 질병이 환경과 체질, 식생활 습관 등에 영향을 받는다고 주장하며 경험적 지식에 따른 의술을 연구했다. 그의 연구를 집대성한 《히포크라테스 전집》기원전 3세기은 의학의 발전에 큰 영향을 주었다. 우리나라에는 전집에 수록된 60여 편 중 가장 중요한 5편을 모아서 번역한 《히포크라테스 선집》이 출간되어 있다.

고대 그리스 사람들은 의학과 철학을 구분하지 않았다. 의학과 철학의 이론이 서로 협조적인 관계라고 믿었다. 철학자가 곧 의학자인 셈이었다. 의학과 철학이 서로 밀접한 관계를 맺는 '철학적 의학'에 대해 처음으로 비판을 제기한 인물이 히포크라테스이며, 이것이 그를 '의학의 아버지'라고 부르는 이유다. 그의 이름을 딴 〈히포크라테스 선서문〉은 의사의 윤리적 지침을 정리한 것으로, 오늘날 전 세계 의과대학 학생들이 의사가 되기에 앞서 그 내용을 낭독한다.

히포크라테스는 철학은 사유와 가정으로 탐구할 수 있지만, 의학은 경험에 기초해야 한다고 주장함으로써 의학과 철학을 떼어 놓으려 했다. 의학 지식이 없었던 시대에는 사람들이 스스로 건강 관리를 하며 이런저런 시행착오를 겪었고, 그 시행착오가 축적된 경험이 곧 의학이라고 했다. 이러한 신념과 연구에 따라 히포크라테스가 강조한 것은 바로 '식생활 습관'이었다.

히포크라테스는 체질과 건강 상태에 따라 식생활이 달라야 한다고 주장했다. 식생활에서 가장 중요한 것은 '영양'과 '적당한 양'이라며 다음과 같이 말했다.

질 낮은 음식과 알맞지 않은 양을 먹는 것은 건강에 무척 해롭다. 부족한 식사량은 인간의 체질에 큰 영향을 줘서 건강과 목숨을 위협할 수 있다. 과식을 해서 생기는 문제와는 그 증상이 다르지만 굶는 것 또한 건강에 치명적이다.

히포크라테스의 이론에 따르면 건강과 체질에 맞지 않는 포식 또는 금식은 건강을 해친다고 한다. 건강과 체질에 따라 하루에 한 끼만 먹어도 건강을 유지할 수 있는 사람이 있고, 세 끼를 모두 먹어야 하는 사람도 있다. 체질에 맞지 않게 포식을 하면 몸이 무겁고 둔해지며 식곤증에 시달린다. 세 끼가 필요한 체질인데 끼니를 건너뛰면 무기력증, 어지럼증 등에 시달리고 면역력이 떨어진다. 소화가 잘 안 되는 사람은 포식하지 말아야 하며, 소화가 왕성한 사람이 굶으면 몸이 피곤하고 쇠약해진다.

이렇게 식사량의 많고 적음은 각자의 체질과 건강 상태에 따라

조절해야 하며, 다른 이유로 식사량을 변경하면 만병의 근원이 된다
고 한다.

영양은 부족하고 살만 찌우는 음식

청소년들의 고민 중 하나인 다이어트도 히포크라테스가 지적한
'다른 이유'로 식사량을 변경하는 사례다. 요즘에는 과거에 비해 과체
중인 청소년이 많고, 다이어트를 하려는 청소년도 많다.

과체중 또는 비만 청소년이 많아진 것은 예전에 비해 기름지고
열량이 높은 음식을 많이 먹는 반면 활동량은 적기 때문이다. 거리 곳
곳에 편의점이 있어서 배고플 틈도 없다. 이른 아침에 지각한다며 밥
을 굶고 학교로 향하다가도 편의점이 보이면 들어가 요깃거리를 사
들고 나온다. 학교에서도 쉬는 시간을 이용해, 또는 하교 후 학원에
가면서 또다시 편의점에 들러 간식거리를 고른다.

게다가 점점 더 우리의 입맛을 자극하는 달고 기름진 음식이 상
품으로 개발되어 나오고 있다. 시중에 나오는 과자, 빵, 라면, 햄버거,
피자 등 가공 음식과 인스턴트가 대부분 그렇다. 이런 음식은 우리 몸
에 필요한 영양소는 부족하고 열량과 지방이 많아 비만을 일으키기
쉽다. 원래 간식의 역할은 주식으로 섭취하지 못한 영양소를 보충해

주는 것인데, 청소년들을 유혹하는 대부분의 간식거리는 오히려 건강을 해치는 셈이다.

요즘 청소년들은 여가 시간에도 스마트폰이나 PC 게임을 하며 온종일 앉아 있기 때문에 더욱 비만해지기 쉽다. 비만은 고혈압, 고지혈증, 당뇨병, 동맥경화 같은 성인병을 일으킬 수 있어 분명 바로잡아야 한다. 비만하지 않도록 다이어트를 해야 한다는 것은 청소년들도 잘 알고 있고, 많은 청소년이 이미 적극적으로 다이어트에 힘쓰고 있다. 문제는 그 목적을 건강이 아니라 단지 외모에 두다 보니 잘못된 다이어트로 건강을 해치고, 결코 비만이라 할 수 없는 청소년들까지 다이어트 대열에 합류하고 있다는 것이다.

이러한 현실은 외모 지상주의를 부추기는 우리 사회의 영향이 클 것이다. 청소년들에게 선망의 대상이 되는 TV 속 화려한 연예인들은 모두 마른 몸이며, 뚱뚱한 연예인은 대부분 개그맨이다. 게다가 뚱뚱한 개그맨은 인격적으로 조롱당하는 역할을 맡아 웃음을 자아내곤 한다. 똑같이 공부를 잘하더라도 외모가 뛰어나고 날씬해야만 '엄친딸', '엄친아'라고 치켜세우며, 직원 채용 면접에서도 외모를 반영하는 기업이 많다. 이제 날씬하고 뛰어난 외모는 하나의 '스펙'으로 자리매김했다고 해도 과언이 아니다.

목숨을 위협하는 다이어트

가장 좋은 다이어트 방법은 적절한 식사 요법과 운동이다. 그런데 운동은 하지 않고 음식을 극도로 자제하거나 무작정 굶는 사람도 있다. 오래도록 굶다 보면 먹는 것에 대해 거부감이 드는 거식증이 생기거나, 반대로 음식을 지나치게 많이 섭취하는 폭식증이 생길 수 있다. 심지어 폭식하고 나서 억지로 토하는 경우도 있다.

이런 습관이 이어지다 보면 나중에는 정상적인 식생활이 어려워지는 식이 장애를 앓게 된다. 식이 장애는 위장병, 심장 질환, 영양실조 등을 동반할 수 있다. 심하게는 사망으로 이어질 수 있는 위험한 병이므로 반드시 병원을 찾아 적극적으로 치료해야 한다.

2010년 프랑스에서는 거식증을 앓던 모델이 사망한 일이 있었다. 이 일을 계기로 프랑스 정부는 지나치게 마르고 허약한 모델은 활동을 금지하는 법을 제정했고[2017], 이에 따라 프랑스 모델들은 2년마다 건강 진단서를 제출해 자신의 건강을 입증해야 한다.

음식 조절이나 운동 외에도 다이어트 방법은 무수히 많다. 다이어트 열풍에 발맞추어 '비만 클리닉'도 많이 생겨났고, 병원에서 식욕억제제 등 온갖 다이어트 약을 처방해 주기도 한다. 문제는 그 부작용이다. '지방 흡입' 시술을 받고 살이 괴사했다는 사람도 있고, 식욕억제제 남용으로 심혈관계나 정신 질환을 호소하는 사람도 있다.

많은 사람이 외모라는 스펙을 쌓기 위해 오늘도 부지런히 다이어트를 하고 있다. 그런데 이 스펙에 대해 사람들이 간과하고 있는 것이 있다. 채용 면접에서 외모를 평가하는 기준은 단지 '날씬한 미인', '늘씬한 미남'이 아니라는 것이다. 2013년 취업 포털 사이트인 '사람인'이 인사 담당자들을 대상으로 조사한 결과에 따르면, 지원자의 외모에 가장 큰 영향을 미치는 것은 '인상'이라고 한다. 무려 83퍼센트의 영향을 미친다고 밝혔다. 그다음으로는 분위기, 옷차림, 청결함, 얼굴 생김새, 머리 모양 순으로 외모에 영향을 미친다는 대답이 나왔다.

혹시 지금 자신이 다이어트를 하고 있다면 무슨 이유 때문에 하고 있는지 생각해 보자. 단지 친구들 사이에서 인기를 얻고 싶어서 하고 있는 건 아닌지, 다이어트에 신경 쓰느라 정작 중요한 일에 소홀한 건 아닌지 말이다.

사고력을 높이는 끝장 토론 💬

1. 건강 상태가 개인의 인성에도 영향을 미칠까?

2. 사람들이 다이어트에 집착하지 않게 하려면 우리 사회가 어떤 노력을 해야 할까?

후대의 학자들이
집대성한 책

히포크라테스의 글들은 그가 죽은 뒤 오랜 기간에 걸쳐 전집으로 집대성되었다. 즉 오늘날 전해져 오는 《히포크라테스 전집》은 후대의 학자들이 그의 업적을 기려 엮은 것으로, 오늘날의 이집트에 속하는 고대 알렉산드리아에서 출간되었다.

알렉산드리아는 그리스-페르시아 문화의 융합을 상징하는 도시로, 당시 문화와 교통, 정치의 중심지였다. 이곳에는 전 세계의 책을 모두 소장하겠다는 목표로 건설된 알렉산더 도서관이 있으며, 이곳에서 예술, 문화, 의학, 인문학에 대한 대대적인 편찬 작업이 이루어졌다. 그 대표적인 결과물이 《히포크라테스 전집》이다.

예술가의 삶과
작품은 별개일까?

《달과 6펜스》 윌리엄 서머싯 몸

《달과 6펜스》1919는 소설에 대해 '읽는 재미'를 가장 중요하게 여겼던 윌리엄 서머싯 몸William Somerset Maugham, 1874~1965의 대표작이다. 제1차 세계대전의 포성이 멈추고 1년 뒤인 1919년에 발표했고, 서머싯 몸은 이 책을 통해 세계적인 작가로 발돋움했다. 프랑스 후기 인상파 화가인 폴 고갱을 모델로 삼은 이 소설은 가족을 버리고 예술에만 매달려 대작을 남기고 떠난 화가의 삶을 그렸다.

《달과 6펜스》에서 안정된 중산층 생활을 하던 은행원 스트릭랜드는 어느 날 갑자기 화가가 되겠다며 직장과 가족을 내팽개치고 파리로 떠난다. 싸구려 호텔을 전전하며 그림을 그리던 그는 실력도 발휘하지 못한 채 병과 굶주림으로 점점 더 피폐해진다. 그러던 어느 날 더크라는 은인을 만나게 되는데, 더크는 스트릭랜드가 그림에 빼어난 재능이 있다는 걸 알아차리고 후원을 해 준다. 그런 더크에게 스트릭랜드는 고마워하기는커녕 남에게 보살핌을 받는다는 사실에 자존심 상해한다.

더크의 아내 블란치는 처음에 스트릭랜드를 달가워하지 않지만 차츰 그를 사랑하게 되고 그림 모델이 되어 주기도 한다. 스트릭랜드는 자신을 간호하고 보살펴 주는 블란치에게 호감을 보인다. 쇠약했던 몸이 건강해지고 나서는 더크에게 등 돌리고 블란치와 함께 집을 떠나 동거 생활을 한다. 그러나 그것도 잠시, 결국은 블란치의 사랑을 매몰차게 거절해 버린다. 블란치는 충격과 절망 끝에 자살을 선택한다.

가족을 버린 천재 화가

"대체 무슨 이유로 아내를 버렸습니까?"

"그림을 그리기 위해서입니다."

"기껏해야 삼류 작가 이상은 못 될 겁니다. 그것이 인생을 포기할 만큼 가치가 있는 건가요?"

"나는 그림을 그리지 않고는 참을 수 없습니다. 그림을 그리지 않고서는 버티지 못하겠다는 말입니다. 물에 빠져 허우적대는 사람에게 수영을 잘하고 못하고가 문제겠습니까? 일단 살아 나오는 게 중요하죠. 안 그러면 죽습니다."

스트릭랜드는 단지 그림을 그리고 싶다는 열망만으로 가족을 버리고 파리로 떠난다. 그런 그를 의아해하며 이의를 제기하는 물음에 스트릭랜드는 위와 같이 대답하며 아내와 자식에 대한 걱정은 하지 않는다.

파리에서 그는 자신의 꿈과 야망을 위해서 그림에 몰입한다. 결과적으로 대작을 남겨 위대한 화가가 되었으니 스트릭랜드의 행보는 예술적 업적 면에서 위대한 선택이었다. 하지만 한 가족의 생계를 책임진 가장으로서는 바람직하지 못한 선택이었다.

파리에서의 생활도 그의 됨됨이를 의심하게 한다. 스트릭랜드는 가장 비참한 순간에 자신을 도와준 은인 더크의 호의에 보답은 하지 못할망정 그의 아내와 불륜을 저지름으로써 가정을 파탄 냈다. 그러고도 그림이 자신의 입장을 대변해 주기라도 한다는 듯이 그림에만 몰두하고 죄책감이라곤 느끼지 않는다. 아내와 자식에 대한 미안함도 보이지 않는다. 이렇게 비윤리적이고 무책임한 인물이지만, 그의 행보를 비판하는 독자는 많지 않다.

여보, 그분은 천재야. 당신은 나를 천재라고 생각하지는 않잖아. 나는 천재가 아니야. 다만 천재를 알아보는 눈은 있어. 천재는 정말 존경스러워. 천재보다 더 대단한 것이 어딨겠어? 천재들에게는 부담스럽겠지만 말이야. 천재들은 너그럽고 인내심 있게 대해야 해.

소설에 등장하는 주변 인물들도 스트릭랜드의 천재성과 예술성만 중요히 여긴다. 등장인물의 생각은 곧 작가의 생각이라는 면에서 서머싯 몸도 스트릭랜드의 부도덕성보다는 화가로서의 천재성과 업적에 더 무게를 두었다고 볼 수 있다. 예술가들이 뛰어난 예술성을 발휘하기 위해서는 오직 작품에만 몰두해야 하므로 예술 활동 외의 개인 생활에 대해서는 관용적으로 받아들여야 한다고 보는 것이다.

천재 화가 파블로 피카소와 천재 시인 이광수

예술가의 작품성과 품성은 별개로 평가해야 할까? 작품성만 뛰어나다면 비도덕적이고 비양심적인 행보는 눈감아 줘야 할까? 이 질문과 관련해 현실 세계의 예술가를 둘러보자. '천재라는 단어는 그를 위해 존재한다'는 찬사를 듣는 파블로 피카소는 소년 시절부터 이미 천재라고 불리기에 부족함이 없었다. '이해하기 어려운 입체파 화가'라고 기억하는 사람도 있지만 그는 스무 살 이전에 이미 고전주의 회화에 통달했다.

피카소는 결혼한 상태에서 많은 애인을 두고 밀회를 계속했다. 진작 이혼하려고 했지만 그럴 경우 재산의 절반을 아내에게 주어야 한다는 사실 때문에 결혼 생활을 유지했다. 마흔여섯 살에 열일곱 살의 아가씨를 우연히 만나 사랑에 빠졌고, 9년 동안 동거하다가 더 이상 예술적 영감을 얻을 수 없다며 이별을 통보했다. 만나는 여인들에게서 예술적 영감을 얻었던 피카소는 애인이 바뀔 때마다 화풍이 달라졌다. 피카소 또한 《달과 6펜스》의 스트릭랜드와 같이 부도덕성에 대한 비판 대신 천재 화가로 여전히 명성을 누리고 있다.

우리나라의 일제 강점기 시절 홍명희, 최남성과 함께 조선의 3대 천재 문인으로 꼽혔던 이광수는 어떨까? 이광수는 《무정》, 《유정》을 쓴 한국 근대 문학의 개척자이며 계몽주의와 민족주의의 선구자로서

근대 사상의 발달 과정에 중요한 역할을 했다. 그런 이광수가 변절을
한 끝에 일제 식민 통치 기구의 중심 역할을 했고, 일본의 제국주의
침략 전쟁에 동참하도록 우리나라 민중을 선동하기도 했다. 1922년
《개벽》에 발표한 〈민족 개조론〉이라는 논문을 통해서 "조선인은 거짓
말을 잘하고 용기와 결단력이 부족한 고질적인 문제를 안고 있다"고
말하는가 하면, 급기야 "조선놈 이마빡을 바늘로 찔러서 일본인 피가
나올 만큼 일본인 정신을 가져야 한다"라는 믿기지 않는 망언도 했다.
그의 반민족적인 친일 문학 행각은 〈조선의 학도여〉라는 다음의 시
일부만 살펴보는 것으로도 충분히 알 수 있다.

그대는 벌써 지원했는가
특별지원병을
내일 지원하려는가
특별지원병을

공부야 언제나 못 하리
다른 일이야 이따가도 하지마는
전쟁은 당장이로세
만사는 승리를 얻은 다음날 일

오늘날 이광수 작품을 애독하는 독자는 그가 국문학사에서 차지하는 비중에 비해 많지 않다. 국문학 역사에서 차지하는 상징성과 비중 때문에 언급하고 연구할 뿐이지, 그를 우리나라의 대표 작가라고 평가하는 사람도 별로 없다.

김은호와 서정주의 친일 작품

순종 황제의 어진을 그렸으며, 한국 풍속화의 수준을 한 차원 높였다는 평가를 받는 화가 김은호를 살펴보자. 김은호는 1937년 〈금차봉납도〉라는 그림을 내놓았다. 친일 단체인 애국금차회 회원들이 조선 총독에게 귀금속과 돈을 헌납하는 장면을 담은 그림이다. 이 작품으로 일제의 침략 전쟁을 지원하자는 뜻을 전한 셈이었다. 그는 인물화와 풍속도의 천재 화가로서 추앙받는 대신 '친일 반민족 행위 705인 명단'에 그 이름을 올렸을 뿐이다.

한국 현대시의 거장 서정주도 이광수와 비슷한 길을 걸었다. 친일 문학과 군부 독재 찬양을 한 이력 때문에 시집 《화사집》의 명성이 무색하게도 비판을 받는다. 심지어 "애비는 종이었다"로 시작하는 시 〈자화상〉은 그 진정성마저 의심받는다. 서정주의 아버지는 '종'이 아니라, 〈동아일보〉 창업주이자 대지주였던 김성수 집안의 마름이었다.

오늘날로 치면 대기업 중견 임원 정도의 위치였다. 그러니 종과는 결코 비교할 바가 아니었다. 물론 사실에 바탕해 시를 써야 하는 건 아니지만, 첫 구절의 울림에 감탄하는 독자들 입장에서는 좀 의아하고 당황스럽기까지 하다.

《달과 6펜스》의 스트릭랜드와 이광수, 김은호, 서정주는 모두 비양심적인 행위를 했지만 평가는 다르다. 스트릭랜드는 '천재적인 예술가'로 이름을 남긴 반면 이광수와 김은호, 서정주는 '친일파 작가'로 알려졌다. 서정주는 많은 사람에게 작품성을 인정받지만 친일, 친독재 행위를 했다는 비난도 만만찮다. 스트릭랜드의 비양심적인 사생활은 그의 주변인들에게만 영향을 미쳤지만, 이광수와 김은호, 서정주는 대중의 가치관에 부정적인 영향을 주는 작품을 남겼다.

이를 통해 우리가 알 수 있는 것은 예술가의 비양심적 행보가 범죄가 아닌 사생활에 해당한다면 작품의 명성에 큰 타격을 주지 않는 반면, 예술가의 반사회적 행보가 대중적으로 영향을 미친다면 작품성이 아무리 뛰어나더라도 평가에 있어 논란의 여지는 늘 따라다닌다는 것이다.

그러니 스트릭랜드가 죽어 가면서 마지막 예술혼을 쏟아부어 남긴 명화와 이광수가 남긴 〈조선의 학도여〉를 동일 선상에서 평가할 수는 없을 것이다. 예술가나 지식인이 자신의 작품 또는 글을 통해 민중을 호도하고 반사회적, 반민족적 뜻을 전달하는 건 그 해악이 클 수

밖에 없다. 그런 예술가가 남긴 작품은 예술성을 인정받을 수는 있겠지만, 사회 구성원들에게 존경을 받거나 한 나라 또는 시대를 대표할 수는 없을 것이다.

사고력을 높이는 끝장 토론 💬

1. 예술가에게는 윤리적 잣대를 좀 더 관대하게 적용해야 할까?

2. 권력층의 강요로 반민족적인 예술 행위를 했다면 용서해야 할까?

스파이 출신 작가
서머싯 몸

서머싯 몸은 제1차 세계대전 당시 유능한 스파이로 활약하기도 했다. 영국 정보부 소속의 스파이로서 1917년 볼셰비키 혁명을 저지하기 위해서 공작을 펼쳤지만, 역사 기록이 알려 주듯이 실패했다. 애초부터 스파이가 혁명을 막는 것은 어려운 임무였다. 당시 서머싯 몸은 시간만 충분했다면 혁명을 막을 수 있었을 거라고 불평했다고 한다.

스파이를 그만두고 난 후 본격적으로 글을 쓰기 시작했는데, 스파이 시절의 경험을 바탕으로 쓴 소설집이 《어셴든, 영국 정보부 요원》이다. 원래는 30편이었는데 국가 기밀이 누설될지도 모른다는 우려 때문에 14편은 파기하고 16편만 수록했다. 경험을 토대로 쓴 소설이라 실무에도 도움이 되었던지 한동안 영국 정보부 신입 요원들의 교육용 교과서로 사용하기도 했다.

결혼, 꼭 해야 할까?

《오만과 편견》 제인 오스틴

《오만과 편견》1813은 오만한 상류층 남성과 발랄하고 영리한 여성이 만나 난관을 극복하고 결혼에 성공하는 이야기다. 영국 소설가 제인 오스틴Jane Austen, 1775~1817이 남긴 유머와 풍자가 가득한 소설로 18~19세기 유럽 상류층의 결혼 풍습과 문화가 사실적으로 그려져 있다. 오늘날 로맨스를 다룬 수많은 소설과 영화의 시초가 되는 연애 소설로도 유명하다.

많은 재산을 소유한 독신 남자에게 아내가 필요하다는 것은 세상 사람들이 인정하는 진리다.

《오만과 편견》의 첫 문장이다. 세계의 문학 작품에서 손꼽히는 '첫 문장' 중 하나다. 제인 오스틴은 이 문장 하나로《오만과 편견》을 집필한 19세기 초 영국 사회의 두 가지 결혼관을 보여 준다. 하나는 당시 영국에서 결혼은 남녀의 사랑보다 계급과 재산 등 집안 배경이 중요한 조건이었다는 것이다. 여성의 가장 큰 행복은 상당한 재산을 소유한 남성과 결혼하는 것이었고, 결혼은 개인과 개인의 결합이 아니라 가문과 가문의 계약에 가까웠다.

당시 유럽은 철저한 가부장제 사회로 재산 상속은 장남의 몫이었고 차남 이하와 딸들은 상속에서 제외되었다. 여성은 참정권도, 직업도 가질 수 없었고, 오로지 성공적인 결혼을 목표로 가정 교육을 받았다. 결혼이야말로 여성들의 유일한 희망이었던 것이다.

《오만과 편견》의 주요 인물인 다아시는 부유한 귀족 집안의 아들로, 자신보다 계급이 낮은 사람들과는 어울리려고 하지 않는 오만한 성격이다. 그런 다아시 앞에 엘리자베스라는 아름답고 매력적인 아가씨가 나타나는데, 안타깝게도 그녀는 다아시 집안보다 조금 낮은 계급 출신이었다. 다아시는 그런 집안 아가씨에게 마음을 뺏겼다는 사실에 자존심 상해하며, 자신의 사랑을 인정하고 마음을 열기까지 오랜 시간을 보낸다.

엘리자베스는 오만하고 쌀쌀한 다아시를 편견의 눈으로 바라보며 처음에는 멀리하지만, 결국은 그의 진심을 알아보고 결혼에까지 이른다. 작가 제인 오스틴은 돈과 명예를 좇아 결혼하는 세태에 대해 비판하는 한편, 돈과 명예, 사랑까지 쟁취한 엘리자베스의 모습을 통해 작가 자신의 결혼관을 보여 준다.

《오만과 편견》의 첫 문장이 보여 주는 당시 영국 사회의 두 번째 결혼관은 재산이 어느 정도 있는 남성은 결혼하는 것을 당연시했다는 것이다. 즉 재산이 있다는 것은 결혼할 수 있는 정당한 권리를 얻은 것과도 같았다.

소설 속에서 베넷 부인은 돈 많은 독신남인 빙리가 이웃으로 이사 온다는 소문을 듣고 딸 하나를 그에게 시집 보내겠다는 열의에 타오른다. 빙리가 어떤 성격인지도 전혀 모르면서 말이다. 그리고 또 다른 딸 엘리자베스가 돈 많고 신분 높은 집안의 남자와 결혼한다는 사실을 알고는 너무 좋아서 기절까지 한다. 오스틴은 유머와 풍자가 섞인 이런 설정을 통해 여성이 경제권과 사회 생활에서 배제당했던 당시 영국 사회를 비판했다.

갈수록 떨어지는 결혼율

수십 년 전만 해도 우리나라에서는 나이가 차면 결혼하는 것을 당연한 수순으로 여겼다. 불과 30년 전까지도 직장에 다니던 미혼 여성이 결혼과 함께 퇴사하는 경우가 많았다. 남편은 밖에서 돈을 벌고 아내는 살림에 전념하는 걸 당연시했으며, 그러한 사회 통념이 19세기 영국의 풍습과 크게 다르지 않았다.

요즘의 결혼 문화와 가치관은 많이 달라졌다. 결혼과 동시에 전업주부가 되기 위해 퇴사하는 여성은 이제 찾아보기 힘들다. 남성들도 직업이 안정적인 여성과 결혼하기를 원하며, 결혼 후에도 맞벌이를 원하는 경우가 많다. 나이가 찼다고 해서, 또는 취업을 했다고 해서 바로 결혼 절차를 밟으려는 사람도 드물다. 게다가 예전보다 학업 기간이 늘어나고 취업 경쟁률이 심하다 보니 결혼 시기도 그만큼 늦어졌다. 가급적 결혼을 늦추려는 청년들이 많으며, 더 나아가 아예 결혼하지 않겠다며 '비혼'을 선언하는 사람도 늘고 있다.

결혼정보회사 가연과 여론조사 기관 리얼미터가 2020년 하반기

미혼남녀 1,000명만 19세 이상 44세 이하을 대상으로 '결혼할 의사'에 관해 설문조사를 한 결과 무려 54.7퍼센트가 '결혼하고 싶은 생각이 없다'고 응답했다. 결혼을 기피하는 주요 이유는 '혼자가 편해서', '출산과 육아 비용에 대한 부담감', '주변 사람들의 결혼 생활이 행복하게 보이지 않아서' 등이었다.

직장 생활을 하는 여성들은 결혼 후 출산과 육아를 하는 동안 겪게 될 경력 단절과, 여성으로서 가정일에 더 많이 신경 쓰기를 바라는 사회 통념을 우려했다. 아무리 남편이 가정일을 함께 한다고 해도 결국은 아내가 짊어져야 할 몫이 많다는 것이었다. 남성들 중에는 경제적 부담감 때문에 결혼을 기피하는 경우가 많았다.

주변 사람들의 결혼 생활이 행복해 보이지 않는다고 대답한 사람들은 결혼 후 육아나 돈벌이에 얽매여 자아를 잃어버린 듯 살아가는 모습을 우려했다. 이러한 성향은 자유롭고 개성 넘치는 삶을 중시하는 20대에서 특히 많이 나타났다. 이들이 결혼을 기피하는 이유는 단지 경제적 이유 때문도 아니고, 돈과 명예를 추구해서도 아니었다. 그보다는 자유로운 환경에서 스스로 삶을 주도하며 자아 실현을 하려는 욕구가 크기 때문이었다.

요즘 청소년들은 결혼에 대해 어떻게 생각할까? 교복 브랜드 엘리트가 2017년 '10대 학생들의 결혼에 대한 인식'을 주제로 설문조사를 한 결과 '결혼을 절대로 하지 않을 것이다'라고 답한 학생은 11.7퍼센트에 지나지 않았다. 결혼은 필수가 아니라 선택이라는 데 공감하면서도 결혼에 대한 거부감은 그다지 높지 않은 것이다.

수십 년 전이나 지금이나 남학생은 여학생보다 결혼을 꼭 해야 하는 것으로 생각하는 비율이 높다. 위의 설문조사에서 결혼을 반드시 하겠다고 답한 남학생은 36퍼센트, 여학생은 16퍼센트로 나타났다. 학교 현장에서 이야기를 들어 봐도 남학생들은 "어쨌든 결혼은 해야 하고 자식은 낳아야 한다"고 거의 반사적으로 대답하는 경우가 많다. 이와 달리 여학생들은 결혼에 대해 소극적이다.

반대로 결혼을 절대로 하지 않을 것이라고 응답한 여학생은 13퍼센트, 남학생은 8퍼센트였다. 결혼을 하고 싶지 않은 이유로는 결혼문화 불평등을 가장 많이 꼽았고41.1퍼센트, 그 외에 개인의 행복 우선, 출산에 대한 부담 등의 답변도 많았다.

결혼을 꼭 하겠다고 답한 학생들은 그 이유로 '평범한 가정을 이루고 싶어서'40.5퍼센트, '정서적으로 안정적인 삶이 될 것 같아서'32.4퍼센트를 많이 꼽았다. '아이를 낳고 싶어서'라고 답한 학생도 13.5퍼센트에 달했다. 보편적인 가정의 행복을 추구하는 경향이 강한 것이다.

청소년에게 결혼은 사랑하는 사람을 만나 행복하게 사는 것이지, 경제적 안정과 같은 실리적인 목적을 채우기 위함이 아닌 것으로 보인다. 20대와 마찬가지로 청소년들 역시 개인적인 만족감과 행복을 최고의 가치로 여기는 추세다.

우리나라는 결혼율과 출산율이 갈수록 떨어지고 있다. 통계청에 따르면 2020년 3분기 합계출산율_{한 여성이 가임기간인 15~49세에 낳을 것으로 기대되는 평균 출생아 수}은 0.84명이다. 문제가 심각하다는 것은 요즘 청소년들도 인식하고 있다. 사회 구성원으로서 결혼과 출산은 마땅히 해야 한다고 생각하는 청소년도 많은 편이다.

그런데 흥미롭게도 학생들은 앞의 설문조사에서 이상적인 결혼 시기로 '29~31세_{34.3퍼센트}'와 '32~34세_{31퍼센트}'를 꼽았다. 결혼의 가장 큰 의미를 정서적 안정과 개인의 행복에 두지만 경제적으로 안정되는 30대 이후를 결혼 적령기로 생각하는 등 현실적인 문제를 크게 고려하는 것이다. 결국 청소년의 결혼관은 과도기라는 청소년기의 특성 때문에 결혼에 대한 이상과 현실에 대한 우려가 겹치지는 것으로 보인다.

고령화 문제도 심각하다. 고령화와 함께 전체 인구도 줄어들면서 갈수록 노동 생산성이 낮아지고 있다. 고령 인구를 위한 사회 복지 수요가 높아지면서 젊은 세대의 사회적 부담도 높아지고 있다.

이런 고령화의 길은 일본이 이미 앞서서 밟아 나가고 있다. 가뜩이나 적은 젊은 층 인구가 모두 대도시로 몰려들면서 소도시들은 점점 더 활력을 잃어 가고 있다. 농어촌에는 노인 홀로 남아 빈집을 지키는 경우도 많고, 심지어 아무도 없이 텅 빈 채 남아 있는 집도 늘어가고 있다. 이렇게 지역 간 불균형이 심해질수록 나라 전체의 경제에 영향을 미칠 것이다. 문제는 일본의 이 현실이 곧 우리나라의 현실이 될 거라는 사실이다.

OECD 통계에 따르면 우리나라 고령 인구 비율은 1960년대 OECD에서 가장 낮은 수준이었지만 2040년에는 일본을 앞서 전 세계에서 가장 고령화된 국가가 될 전망이다. 더욱이 2021년 현재 전 세계적으로 몸살을 앓고 있는 코로나19 사태로 결혼율과 출산율 모두 가파른 하향선을 그리고 있다. 물론 코로나19 이후의 시기를 기다리며 결혼과 출산을 미뤄 둔 사람도 많겠지만, 이 사태를 겪으며 경제에 타격을 받은 사람들 중에 계획했던 결혼과 출산을 아예 포기해 버리는 사람도 있을 것이다.

결혼율을 끌어올리기 위해 정부와 지자체가 개선해야 할 일은 무엇일까? 2020년 취업 포털 인크루트가 미혼 성인 남녀 568명을 대상으로 결혼 가치관에 관해 설문조사한 결과에서는 응답자의 30.3퍼센트가 '향후 결혼 계획이 전혀 없다'고 답했는데, 결혼을 꺼리는 주된 이유는 결혼 비용, 배우자의 가치관과 신뢰, 임신과 출산, 직장과 연봉을 비롯한 사회적 위치, 내 집 마련 문제를 꼽았다.

이 결과에 따르면 경제적인 문제만 해결되어도 지금보다는 많은 사람이 결혼을 긍정적으로 고려할 듯 보인다. 당장 함께 살 내 집만 마련할 수 있대도 달라질 것이다. 하지만 수도권으로 인구가 집중되고 서울 집값이 폭등하면서 주거 문제는 점점 더 심각해지고 있다. 더구나 사교육 시장이 더욱 과열되어 자녀 교육에 대한 부담감도 높아만 가고 있다. 이러한 현실은 결혼율과 출산율을 끌어내릴 뿐만 아니라 나라의 경제 성장에도 큰 걸림돌이 될 것이다.

사고력을 높이는 끝장 토론 💬

1. 결혼 상대를 찾을 때 가장 먼저 고려할 점은 무엇일까?

2. 결혼율을 꼭 높여야 할까?

결혼, 사랑, 성찰에 대한 심리학 교과서

《오만과 편견》에는 여러 남녀가 등장해 사랑과 결혼에 대한 다양한 가치관과 선택을 보여 준다. 서로에 대한 편견과 난관을 극복하고 결혼하는 남녀 주인공, 현실과 타협해 돈 많은 남성과 결혼하는 여성, 상대의 미모만 보고 결혼했다가 뒤늦게 후회하는 남성도 등장한다.

그러나 이 작품을 가벼운 연애 소설이라고 생각한다면 그것이야말로 '오만과 편견'이다. 작가는 이런 인물들의 위선과 속물성을 단편적으로 비판하는 데 그치지 않는다. 그들이 그런 선택을 할 수밖에 없는 이유, 시시각각으로 변하는 인간 심리를 예리한 통찰력으로 묘사해 낸다. 그 묘사는 현대인의 심리에 그대로 적용되며, 이것이 《오만과 편견》을 명작이라 하는 이유다. 현대의 모든 연애 소설은 이 작품의 그늘 아래에 있다고 평가받을 정도다.

함께 읽으면 좋은 책들

1장

《레 미제라블》

《웃는 남자》빅토르 위고 #프랑스 소설 #17세기 영국 귀족 #하층민 #전제정치 #민주주의

《빅토르 위고의 워털루 전투》빅토르 위고 #프랑스 역사 #유럽 전쟁사 #나폴레옹 #왕정복고

《우리는 난민입니다》말랄라 유사프자이, 리즈 웰치 #난민 에세이 #여성 청소년 난민
　　　#최연소 노벨평화상 수상자

《어느 날 난민》표명희 #한국 소설 #한국의 난민 문제 #실제 난민 취재 #인천 공항 난민

《모비 딕》

《필경사 바틀비》허먼 멜빌 #영미 소설 #미국 교과서 수록 #안 하는 편을 선택하겠습니다

《사기꾼, 그의 가면 무도회》허먼 멜빌 #영미 소설 #19세기 사회 풍자
　　　#허먼 멜빌의 마지막 장편 소설

《주홍 글자》너새니얼 호손 #영미 소설 #청교도 사회의 모순 #인간의 본성과 죄 #간통죄

《세상의 모든 고래》다시 도벨 #교양 과학 #고래의 진화 #가장 오래 사는 동물

《바람과 함께 사라지다》

《있는 그대로의 미국사》앨런 브링클리 #미국사 #주요 쟁점 #쉽게 읽는 미국 역사

《엉클 톰스 캐빈》해리엇 비처 스토 #영미 소설 #노예 제도 #남북전쟁

《시련에 맞선 여성들》드류 길핀 파우스트 #미국 남북전쟁 #전쟁과 여성 #페미니즘

《부장님, 그건 성희롱입니다!》무타 가즈에 #성평등 #성희롱의 기준 #페미니즘

《악령》

《매핑 도스토옙스키》석영중 #도스토옙스키의 생애 #러시아 역사 #유럽의 도시와 문화

《난데없이 도스토옙스키》도제희 #도스토옙스키 탐독기 #직장인 독서 에세이

　　　#일상 속 도스토옙스키

《도스토옙스키를 쓰다》슈테판 츠바이크 #도스토옙스키 평전 #소설적 전기

《도스토옙스키와 함께한 나날들》안나 도스토옙스카야 #도스토옙스키 아내의 회고록

　　　#도스토옙스키의 개인적 삶

《파리의 노트르담》

《중세의 가을》요한 하위징아 #중세 유럽의 문화사 #중세의 빛과 어둠 #르네상스와 근대

《중세 유럽의 성채 도시》가이하쓰샤 #중세 유럽사 #중세 문명의 상징 #성채 도시의 발전

《예술과 함께 유럽의 도시를 걷다》이석원 #유럽의 도시 문화 #도시 여행 #예술 기행

《뉴스, 믿어도 될까?》구본권 #미디어 리터러시 #가짜 뉴스 #비판적 사고력

〈내기〉

〈개를 데리고 다니는 부인〉안톤 체호프 #러시아 소설 #단편 문학의 거장 #사랑 이야기

《체호프 희곡 전집》안톤 체호프 #러시아 희곡 #소시민의 삶

《벚꽃 동산》안톤 체호프 #러시아 소설 #리얼리즘 #러시아 귀족의 기생적 삶

《세상에 대하여 우리가 더 잘 알아야 할 교양: 사형제도, 과연 필요한가?》

　　　케이 스티어만 #사형제도 논란 #찬반론 #인권 #형벌

4장

《스케치북》

《에드거 앨런 포 단편선》**에드거 앨런 포** #영미 소설 #초현실적 문학 #그로테스크

《허클베리 핀의 모험》**마크 트웨인** #영미 소설 #19세기 인종 문제 #흑인 노예

《롱펠로 시집》**헨리 워즈워스 롱펠로** #영미 시 #민중 정서 #인간에 대한 연민

〈애서광 이야기〉

《마담 보바리》**귀스타브 플로베르** #프랑스 소설 #사실주의 고전 #모더니즘

《감정 교육》**귀스타브 플로베르** #프랑스 소설 #자전적 소설 #무기력한 청년의 삶

《변신》**프란츠 카프카** #독일 소설 #자본주의 #인간 소외 #휴머니즘

《악의 꽃》**샤를 보들레르** #프랑스 시 #보들레르의 삶 #시의 윤리성

《이반 일리치의 죽음》

《바보 이반》**레프 톨스토이** #러시아 동화 #러시아 민담 #인생철학

《톨스토이, 도덕에 미치다》**석영중** #톨스토이의 삶 #19세기 러시아 사회 #문학론

《내가 죽어 누워 있을 때》**윌리엄 포크너** #영미 소설 #미국 남부의 문화 #도덕과 관습

《죽음이란 무엇인가》**셸리 케이건** #예일대 강의 #실존 철학 #논리와 이성 #삶의 의미 고찰

《히포크라테스 선집》

《다이어트 학교》**김혜정** #한국 소설 #성장소설 #다이어트

《간헐적 단식? 내가 한번 해보지!》**아놀드 홍 외** #간헐적 단식 체험기 #다이어트

#내 몸을 사랑하는 방법

《만화로 배우는 의학의 역사》**장 노엘 파비아니** #서양 의학사 #원시적 주술 치료 #최신 의학

《만약은 없다》**남궁인** #응급의학과 의사 에세이 #삶과 죽음 #의사의 삶

《달과 6펜스》

《면도날》**서머싯 몸** #영미 소설 #1930년대 미국 상류사회 #인간 본성

《인간의 굴레에서》**서머싯 몸** #영미 소설 #성장소설 #열등감과 장애 #자유

《어센든, 영국 정보부 요원》**서머싯 몸** #영미 소설 #경험을 토대로한 첩보 소설
#스파이 세계

《불멸의 작가, 위대한 상상력》**서머싯 몸** #독서 에세이 #고전 안내서 #작가론 #작품론

《오만과 편견》

《노생거 수도원》**제인 오스틴** #영미 소설 #결혼과 남녀관계 #18세기 영국의 관습

《에마》**제인 오스틴** #영미 소설 #자아와 사랑 #독신주의 #결혼에 대한 탐구

《설득》**제인 오스틴** #영미 소설 #빅토리아 시대 여성의 결혼 #여성의 자존감
#물질주의적 세태 풍자

《하워즈 엔드》**E. M. 포스터** #영미 소설 #세속과 이상의 대립 #낭만적 열정

《하면 좋습니까?》**미깡** #결혼 에세이 #동거 #비혼 #이혼 #워킹맘

10대를 위한
나의 첫 고전 읽기 수업

초판 1쇄   2021년 1월 22일
초판 3쇄   2022년 7월 1일

지은이   박균호

펴낸이   김한청
기획편집   원경은 김지연 차언조 양희우 유자영 김병수
마케팅   최지애 현승원
디자인   이성아 박다애
운영   최원준 설채린

펴낸곳   도서출판 다른
출판등록   2004년 9월 2일 제2013-000194호
주소   서울시 마포구 양화로 64 서교제일빌딩 902호
전화   02-3143-6478   **팩스** 02-3143-6479   **이메일** khc15968@hanmail.net
블로그   blog.naver.com/darun_pub   **인스타그램** @darunpublishers

ISBN   979-11-5633-326-5 43800